ALEJANDRA COSTAMAGNA
IMPOSIBLE SALIR DE LA TIERRA

NARRATIVA

DERECHOS RESERVADOS
Copyright © Alejandra Costamagna, 2016
c/o Ident Literary Agency
www.identagency.com
© 2016 Almadía Ediciones S.A.P.I. de C.V.
    Avenida Monterrey 153,
    Colonia Roma Norte,
    Ciudad de México,
    C.P. 06700
    RFC: AED140909BPA

www.almadia.com.mx
www.facebook.com/editorialalmadía
@Almadía_Edit

Primera edición en Almadía: octubre de 2016
ISBN: 978-607-8486-15-1

En colaboración con el Fondo Ventura A.C.
y Proveedora Escolar S. de R.L. Para mayor información:
www.fondoventura.com y www.proveedora-escolar.com.mx

Impreso y hecho en México.

ALEJANDRA COSTAMAGNA
IMPOSIBLE SALIR DE LA TIERRA

Almadía

La epidemia de Traiguén

La muchacha, dicen, es muy pero muy loca. Se llama Victoria Melis y ha llegado a Japón como llegan los desaconsejados, los que andan un poco perdidos: siguiendo a un hombre. Él, Santiago Bueno, es oriundo de Traiguén y está en Kamakura por negocios. Es un experto en pollos y lo que hace en Kamakura es persuadir a su cartera de potenciales clientes para que compren pollos de altísima calidad. Pollos de exportación, que no son alimentados con pescado ni inflados con hormonas y que tienen una muerte no digamos dulce pero en ningún caso estresante. Hay una epidemia local, sin embargo, una epidemia que afecta sólo a los pollos de Traiguén y que cada cierto tiempo amenaza las negociaciones de las empresas avícolas. Santiago Bueno, gerente de Pollos Traiguén Ltda., debe tomar las mayores precauciones acerca de este punto. Cuando los pollos son contagiados se debilitan, enflaquecen, se ponen muy feos. Es como si de golpe se vieran afectados por una depresión crónica. Ese es el único síntoma. Y un día cualquiera caen muertos.

Pero el episodio de Victoria y Bueno comienza antes. Cinco o seis meses antes. La muchacha tiene entonces diecinueve años y unos ojos muy grandes y separados. Parece que sus orejas fueran unos remolinos que se los van a chupar. Que se van a chupar sus ojos. Victoria es secretaria, pero hasta entonces no ha ejercido su oficio. En realidad, nunca ha ejercido ningún oficio rentable. La herencia de sus padres, muertos en un accidente ferroviario, le permite vivir con ciertas comodidades. Pero hace unos días ha visto un aviso en el diario y ha llamado por teléfono para preguntar por el puesto de secretaria. Sin mayores trámites, ha conseguido un empleo en Pollos Traiguén Ltda. Hoy, lunes 23 de marzo, es su primer día de trabajo. Al salir de su departamento, esta mañana, ha tropezado con un coche doble de bebés y se ha torcido un pie. Guaguas, guaguas, no tienen otra cosa que hacer las guaguas, ha pensado mientras la madre de las criaturas ofrecía sus disculpas e intentaba aplacar el llanto replicado de sus mellizas. Cojeando y malhumorada ha llegado al trabajo. Y allí está ahora, con el pie resentido y una emoción vertiginosa. Es algo instantáneo: Victoria ve a Santiago Bueno y queda prendada, se diría que enceguecida por aquel hombre de voz áspera, que sólo fuma tabaco negro. Victoria es una mujer de emociones violentas y fugaces. Dicen que es muy pero muy loca, pero también se podría decir que es fatalmente enamoradiza y punto.

La muchacha se presenta: Hola, vengo por el aviso. ¿Qué aviso? El del puesto de secretaria, nosotros hablamos el viernes, ¿se acuerda? Ah, sí, señorita Véliz, viene un poco retrasada usted. Soy Melis, señor, no Véliz. Melis; muy bien, señorita Melis, ese es su escritorio. En la carpeta tiene la agenda de hoy; hasta luego. Y más puntualidad, ¿okey? Victoria ejecuta sus obligaciones de hoy, llama a veinticuatro clientes, atiende treinta y nueve llamados, se desconcentra pensando en lo atractivo que es Santiago Bueno, toma un café con cuatro cucharadas de azúcar, sigue la agenda de hoy, llama a ocho clientes (uno de ellos le habla en inglés: ella corta de inmediato), piensa en los malditos bebés del coche, en todos los malditos bebés, intenta imaginarse como madre, se ríe de la estúpida ocurrencia, sigue con la agenda, recibe un llamado en inglés, *Hello, excuse me, it is a mistake, mister*, desconecta el teléfono, oye la risa de Santiago Bueno al otro lado del muro, se desconcentra pensando en él, no puede pensar en otra cosa la muy enamoradiza, se acerca al muro y lo oye toser, lo imagina, imagina esa boca que tose, fantasea, se obsesiona con el gerente de Pollos Traiguén, puede verlo tosiendo para ella, sacudiéndose con el carraspeo, salpicándola con su tos elástica, mirándola como se mira lo que está a punto de ser devorado, tan perturbada la muchacha. A eso de las siete, cuando el hombre sale de su oficina, Victoria ya tiene el beso listo en la boca. Están solos en la sala de recepción de la empresa. El hombre se sorprende, pero también se deja besar. Es una tarde soleada de otoño en Santiago de Chile, y el empresario y la secretaria pasan las siguientes horas en un motel de la calle República.

Al final de la jornada (es decir, al final de la diestra demostración sexual de la muchacha, que ha incluido perritos, paraguayas y *felatios)* el hombre fuma un cigarrillo negro y habla con voz áspera. Victoria lo escucha en silencio, muy atenta, porque no hay nada que le excite más que oír a un hombre hablando de sí mismo. Yo entro en el hotel de Montevideo y en la recepción un tipo me aborda, recuerda Bueno en voz alta. Claramente me ha confundido con otro, y entonces me pregunta si conozco a Santiago Bueno. Por bromear, no sé, yo le digo que no, que no lo conozco. Entonces el tipo se pone a hablarme de Santiago Bueno, de mí, ¿te fijas?, durante veinte minutos. Lo simpático, oye, es que el tipo no admiraba mis pollos: me admiraba a mí, ¿comprendes qué extraordinario? La muchacha, que no comprende qué tiene eso de simpático ni de extraordinario, va a besarlo otra vez. Pero él interrumpe el movimiento con una mueca de disgusto y sigue hablando sobre el tipo que una tarde en Montevideo le habló de Santiago Bueno a él, precisamente a él, ¿comprendes qué cosa más perturbadora? Fuera de sus palabras y de un par de quejidos gozosos que cada cierto rato se filtran a través de los muros, la habitación de la calle República es un sitio muy silencioso. A Victoria le parece un templo. Antes de desocupar la habitación, Santiago Bueno le habla al oído. Límamelo bien, le dice. Victoria no puede contener la emoción y procede con esmero: como una ramera a sueldo. Por su mente, sin embargo, se cruza la imagen de un pichón de loro.

La mujer supone que a partir de entonces todo será

felicidad. Pero está muy equivocada. La escena de República se repite seis o siete veces y, una mañana en que han caído muertos cinco pollos en Traiguén –cinco pollos gordos, carnosos, de las mejores aves de la zona–, Santiago llama a Victoria a su oficina y la despide de la empresa. Está despedida, le dice. ¿Por qué?, pregunta ella. Porque sí, argumenta él. Esa no es una razón, reclama ella. Aunque su voz no suena todavía como un reclamo, porque hasta ese momento la muchacha piensa que es una broma, que el amante le está tomando el pelo. No tengo por qué darle razones, abre camino el gerente. Recién ahí Victoria cae. Y ahora le rogaría…, murmura él. No alcanza a terminar la frase cuando la mujer ya está encima de él. ¿Y ahora me tratas de usted, Chago? ¿Y ahora me echas? Pero, ¿qué te ha pasado? No me ha pasado nada, señorita Melis. Usted no es lo que necesita la empresa, eso es todo. ¿Me haría el favor de cerrar la puerta por fuera? ¡Qué puerta ni qué nada!, exclama la mujer, fuera de sí. Pero el hombre sella su boca con un manotón y le dice algo al oído. Debe ser algo muy duro porque la muchacha sólo atina a decir, a murmurar apenas: Eres un concha de tu madre. Y se va.

La verdad es que Santiago nunca estuvo enamorado de Victoria. La verdad de la verdad es que Santiago nunca estuvo enamorado de nadie. La muchacha retira sus cosas –un florero, la foto de su abuelo materno, un par de artículos de escritorio: nada de vida o muerte– y no vuelve más a la oficina. Una semana después se acerca al teléfono, que no ha querido mirar siquiera, y disca el número de Pollos Traiguén. Pollos Traiguén Limitada, *good morning*, escucha entonces: es una voz femenina, como aflautada. Dame con Chago, ordena Victoria. La nueva secretaria posiblemente piensa que se trata de la esposa del jefe, de otro modo no se explica que comunique el llamado al gerente de la empresa así, sin aviso y en español. Tiene una llamada en la línea uno, don Santiago, anuncia. El hombre apenas ha dicho aló cuando oye el reclamo destemplado de Victoria al otro lado de la línea: ¿Tú pretendes que te olvide así como así?, empieza, intentando controlar una rabia muy afilada. Olvídeme si quiere, pero no me llame más. Ah, qué fácil, reclama la muchacha. O sea que se acabó y calabaza, calabaza, intenta ser irónica. Veo que ha entendido, responde secamente él. De eso ni hablar, ataca ella. Las cosas no se acaban así, reclama. Lo lamento, insiste Santiago. Y ahora, si me permite…, balbucea. ¡Al menos tutéame, pues!, pierde la paciencia la mujer. Y entre los saltos propios de un llanto quejoso va soltando frases dramáticas, escuchadas quizás en alguna comedia. Frases como: Nada puede reemplazarte. O peor aún: Toda yo soy tuya. Santiago Bueno mueve la cabeza con el gesto flemático de los padres frente a una payasada de su crío. Acerca la boca al auricular y responde con calma: Cállate, pendeja, no sigas diciendo huevadas. Corta, y en ese instante se eleva en la habitación una carcajada ronca, jactanciosa: un sonido semejante al descorche de una botella guardada hace demasiado rato.

Poco después de esa llamada, Victoria se entera de que Pollos Traiguén Ltda. abrirá una sede en Kamakura y que su gerente se trasladará a Japón. La muchacha herida —y dicen que muy, pero muy loca— ha coleccionado todos los objetos que marcaron los dos últimos meses de su vida y, al enterarse del viaje, no lo piensa más. Esa misma noche abre las fauces de una maleta café oscuro heredada de su abuelo y la llena con lo que encuentra a mano. Facturas de la empresa avícola, colillas de cigarros negros, boletas del motel de calle República, una corbata olvidada por Santiago en la oficina, varios lápices secos, un Bic azul en buen estado, un carné vencido de metro, cuentas de teléfono, agua y luz, reclamos para Cartas al Director, un sacapuntas, una cucharita de café para enroscarse las pestañas o comer yogur, recortes de noticias agrícolas de un diario de la Séptima Región, su licencia de conducir y un cenicero de cerámica picado en una esquina. Cuando termina de empacar, siente que camina con la brújula chueca. Es como si hubiera estado conversando con todas las edades que tuvo durante los últimos meses. Pero Victoria tiene entonces diecinueve años y está dispuesta a seguir a Santiago Bueno al mismísimo Japón.

Eso es exactamente lo que hace. Victoria Melis está ahora con su maleta café en la calle Yuigahama, en Kamakura, muy cerca de la Capilla del Calvario. Justo al frente suyo un cartel anuncia: 自動車お祓所. Victoria saca su diccionario básico de español-japonés/japonés-español y, tras un arduo ejercicio de traducción, logra resolver el misterio: "Aquí se ofrece el servicio de purificar vehículos nuevos", dice el cartel. Entonces se le ocurre que saber o no japonés da lo mismo. La muchacha ha venido a Kamakura con el dato de una agencia de empleos para extranjeros, y tiene suerte. El primer día es contratada como cuidadora de niños en casa de una argentina llamada Elsa Aránguiz. La mujer es viuda, ha estado esperando a una criada que hable español por más de seis meses, y Victoria Melis le parece un ángel caído del cielo. O quizás sólo un alivio, pero eso ya es bastante en Japón, con un paupérrimo dominio de la lengua local, un crío de ocho meses (Faustino júnior), una viudez reciente (un infarto de Faustino padre y adiós) y una rutina que responde más a la inercia generalizada que a un proyecto sólido de vida. Desde el primer minuto, al salir de la agencia de empleos, las mujeres entablan una especie de amistad. ¿Por qué estás acá?, pregunta Elsa Aránguiz con el bebé en brazos. Porque mi abuelo nació acá, miente Victoria, y recoge la muñeca de porcelana que ha caído al suelo. ¿Dónde la compró?, pregunta, cambiando de tema. ¿Qué cosa? La muñeca. Ah, la muñeca es de Nara, responde la argentina. ¿Bonito Nara? Muy bonito, divino. ¿Quiere que le tenga al niño?, se ofrece Victoria con gentileza. No, no todavía…, responde la patrona. Y no heredaste ni un rasgo oriental, qué suerte la tuya. ¿No le parezco japonesa?, se atreve a insinuar Victoria. Ahora que lo decís, puede ser, miente esta vez la argentina. O quizás sólo quiere entibiar el ambiente, asentar el vínculo en la amabilidad. A Elsa le simpatiza sobremanera la muchacha; la ve como a una sobrina. O incluso como a una hija. ¿Te gustan los chicos?, indaga. Los adoro, señora Elsa. Decime Elsa, a secas, por favor. Elsa a secas, repite Victoria. Ambas se ríen.

Al principio las mujeres pasan el día entero hablando en español. El idioma local es de una dificultad suprema, una cosa infinitamente estresante, y eso acerca cada vez más al par de sudamericanas. Elsa le enseña a Victoria a manejar su Suzuki, que es como cualquier auto japonés exportado a Chile. Victoria es muy hábil como conductora y, mientras maneja (a la tercera lección, pongamos), sin desviarse de la ruta señalada por Elsa, le habla de sus padres muertos en un accidente ferroviario, de su falso abuelo japonés, de sus estudios de secretariado y de la idea de viajar a Japón para conocer a sus ancestros orientales. No le habla de Santiago Bueno, de los pollos de Traiguén ni de su aflicción amorosa. Elsa, sentada en el asiento del copiloto con el niño en brazos, le habla muy detalladamente de su llegada a Oriente, del empeño de Faustino por instalar una empresa de turismo en Kamakura, del parto natural de Faustino júnior (en el agua, sin anestesia y en posición vertical la madre), de la muerte repentina de Faustino padre, de la dificultad emocional de regresar a la Argentina, del extraño carácter del bebé. ¿Extraño por qué?, pregunta Victoria. Yo lo veo muy normal, yo ya quisiera uno así. ¿Querés un bebé? No, pero si lo tuviera, digo. ¿Qué tiene de extraño, dígame usted?, insiste la muchacha, doblando hábilmente hacia la derecha desde la pista izquierda de la calle Sakanoshita. Nada, nada, es muy tranquilo nomás. Y, sí, la mujer tiene razón. Es cosa de mirarlo. Tranquilo es poco decir: cualquiera diría que aquella criatura contemplativa se eterniza en una dimensión zen.

De este modo transcurren las primeras semanas. Cuando Elsa sale de compras o duerme o no está a la vista, Victoria aprovecha para revisar diarios o ver televisión en busca de alguna milagrosa señal, un rastro cualquiera de Santiago Bueno y sus pollos en Kamakura. Es obvio que fracasa en su empeño: es muy poco probable que el hombre aparezca así, como quien publicita refrigeradores ecológicos, frente a una pantalla o en algún folleto del periódico. Y, aunque apareciera, Victoria se pregunta si sería capaz de distinguirlo entre tanto ideograma japonés. A veces la muchacha despierta con recuerdos muy frescos: la oficina de pollos en Santiago, el motel de calle República, las carcajadas secas del hombre bebiendo pisco sour y hablando de sí mismo, los pedidos de último minuto y su crónico afán (el de ella). Entonces le dan ganas de salir a la calle e interrogar a la gente. ¿Conoce usted, señora, a Santiago Bueno? ¿Lo ha visto por acá? ¿Ha comido un pollo del sur de Chile? Pero se aguanta, se controla. Y con el control va perdiendo el entusiasmo y la vitalidad iniciales.

Elsa Aránguiz comienza a notar rara a la muchacha. Te veo decaída, le dice, como medio apagada. Y, sin esperar respuesta, atribuye su comportamiento a la dificultad idiomática y la inscribe en un curso de japonés. Pero antes toma una decisión: en esta casa no se habla más español, dictamina. De otro modo jamás vamos a aprender. Y tenés que salir a la calle, Vicky, el idioma no se aprende entre cuatro paredes. Pero yo…, murmura

Victoria. Pero nada, nena, estoy tratando de ayudarte. Y así se hace: contrata a una maestra particular que viene a casa dos veces por semana, y desde aquel día los diálogos en español se limitan al mínimo. La muchacha estudia las lecciones, cuida a Faustino, lo sube al Suzuki, lo lleva a la costa, a Enoshima, al templo de Hachiman, sigue estudiando y abanicándose en el parque, mira al niño quieto como estatua, vuelve a las lecciones y se aburre soberanamente bajo el sol de Kamakura. Si al menos hablaras, guagua…, increpa a Faustino. Me voy a volver loca, loca. Dime algo, mocoso, le ruega. Pero el mocoso, muy zen, respira, duerme, se deja estar en su coche japonés.

La muchacha comprende que su regreso a Chile es inminente. Pero el viaje no puede haber sido en vano, piensa. Entonces decide escribir una carta a Santiago Bueno y hacérsela llegar a través de algún periódico local o de un servicio de rastreo o, quizás, de la embajada de Chile. O mucho mejor: a través de la Agencia Nacional de Policía de Japón. Una tarde, sentada con Faustino en un banquito frente al templo, estudiando las mismas lecciones de japonés básico de hace dos semanas, saca de su cartera una libretita y un lápiz Bic. Comienza a escribir la carta. Me has sacado, me has saqueado todo el tiempo, escribe. Y eso es lo único que se le ocurre. Por un minuto tiene la idea de escribir en japonés, pero la verdad es que sólo ha aprendido una frase romántica, y ya la olvidó. Era algo así como eres todo para mí. O todo lo tuyo está en mí. Y aunque recordara la frase exacta en japonés, sería un disparate decirle eso porque él es todo para ella, sí, pero todo también puede ser el horror. La muchacha deja el lápiz con la punta desnuda sobre el papel, esperando la sagrada inspiración en su lengua natal. Inútil: ninguna letra acude en su ayuda. Dame una idea, guagua, le habla al niño. Pero el niño, siempre zen, nada.

Victoria vuelve al auto con el crío dormido y lo deposita en su sillita japonesa. En ese momento, cuando se ha abrochado el cinturón de seguridad y está prendiendo el motor del Suzuki, ocurre lo inesperado. El milagro, podría pensarse, porque en ese preciso minuto Victoria ve la figura de Santiago Bueno frente a ella. El hombre ha salido de una casa de té y ahora cruza la calle, emitiendo una carcajada ronca, y camina sin apuro hacia el próximo semáforo. No está solo: lo acompaña una mujer que Victoria supone japonesa. Una geisha, piensa (aunque no sabe si las geishas existen todavía). Esto es mucho para la muchacha. Me has sacado, me has saqueado, repite en su cabeza perdida mientras improvisa un estacionamiento veloz, apaga o prende o pone en punto muerto las luces del auto, baja como una bala, da un portazo y corre detrás de la pareja. Sigilosamente, los sigue una cuadra completa. Los ve doblar por una callecita de baldosas nacaradas, bamboleándose juntos al caminar, abrazando él a la japonesa por la cintura. Y al fondo de la callecita los divisa entrar en un edificio con un letrero de neón en japonés y en inglés: Yashiro Hotel. Ahí se pierden de vista. Victoria se acerca a la puerta del recinto y espera. No sabe bien qué hacer. No atina a nada. Se apoya en un farol de madera y así, muy quieta, intenta imaginar lo que ocurre al interior de cada habitación del hotel. De golpe, por la ventana del tercer piso, a la izquierda, ve aparecer la silueta de una mujer. Es ella, claro que es ella. Victoria podría jurar que es la misma japonesa que acompañaba a Santiago. Un hombre, un hombre que ahora sí es cien por ciento Santiago Bueno, se acerca a la mujer oriental y cierra abruptamente la cortina.

Victoria mantiene la vista fija en la ventana iluminada. Pero se diría que sus ojos están un poco ciegos. Están, más bien, en el pasado. De repente las imágenes se le atropellan, como ocurre, dicen, minutos antes de morir. La mujer no sabe si es rabia, tristeza o preludios de muerte lo que la invade. En su mente aparece el hotel de calle República. Santiago en el hotel de calle República. Lo ve de espaldas, frente a ella, arriba de ella, adentro. Lo oye hablar, oye sus carcajadas ásperas. Santiago debe estar contándole a la geisha o a la puta japonesa la historia del tipo en el hotel de Montevideo, el tipo que hablaba de Santiago Bueno, que le hablaba a él, precisamente a él, de él mismo, ¿comprendes qué extraordinario, qué simpático? Santiago debe estar amasando en este instante esos pechos de muñeca amarilla, de muñeca de porcelana. Límamelo, japonesa. Límamelo, se retuerce la muchacha enamoradiza sobre las baldosas nacaradas de la calle. Durante las cuatro horas de espera la luz ambarina de la ventana no pierde su brillo. La muchacha, en cambio, parece apagarse en su llama. No hay nada que hacer: nadie va a salir en los próximos minutos de aquel cuarto de hotel oriental.

Victoria desanda la ruta con paso lento. Su cabeza está en cero. Ni en español ni en japonés ni en jerigonza: en cero. Sólo al llegar al Suzuki parece recuperar su capacidad de razonar. Y lo que piensa es una obertura de lo que ocurre a continuación. Recién entonces recuerda que ha dejado al bebé adentro del automóvil. La muchacha abre con prisa y lo ve: la cara de Faustino júnior no exhibe a esta hora de la tarde la expresión zen de siempre. El niño está pálido. Más que pálido: blanco, inmóvil, tieso. La mujer cae en la cuenta del horno en que se ha convertido el Suzuki con la calefacción al máximo. No sabe cómo puede haber ocurrido. No lo puede creer, no puede ser cierto. La muchacha comprende horrorizada lo que ha hecho y regresa corriendo al hotel Yashiro, dejando atrás el cuerpito blanco y zen de Faustino júnior.

Entra sin mirar a nadie, sube los tres pisos por la escalera de mármol y llega hasta la habitación de la ventana iluminada en tonos ambarinos. Me has sacado, me has saqueado, se dice como en un rezo mientras golpea la puerta y espera muy firme, en posición de alerta. Alguien abre (la furia la ha cegado y no le permite ver si es ella o él) y la muchacha irrumpe en la pieza. Santiago Bueno la mira desconcertado. Victoria quiere matarlo, está vuelta loca. *Kanoyo wa kichigai*, dirán luego en Kamakura: muy, pero muy loca. Sin embargo, la japonesa no es un pajarito nuevo y se anticipa a los hechos: con una violencia inesperada, se lanza sobre la muchacha y la derriba. Victoria intenta defenderse, pero de alguna parte la japonesa saca un cuchillo y se lo entierra a la chilena en el estómago.

La muchacha se desploma como un pato recién cazado. Como un pollo afectado por la epidemia de Traiguén. Es fea la escena: corre sangre en ese cuarto de hotel japonés. No sabemos si la mujer que ahora toma un kimono y comienza a vestirse ha querido o no matarla, pero el hecho es que Victoria no se mueve. Santiago Bueno se acerca al cuerpo sangrante, lo sacude, le grita algo. Luego se dirige a la japonesa, acaso una prostituta muy precavida y no una geisha cualquiera. Le dice: Pero qué chucha hiciste. *Kimi wa hitogoroshi desu*, le dice. *Watashi wa hitogoroshi desu*, corrobora la japonesa, con el cuchillito caliente en las manos. Sus palabras suenan afónicas, la cuerda de un koto desgarrada en medio de un concierto. Santiago, cosa extraña, se echa a llorar como un crío sobre el hombro de la japonesa.

Crimen pasional en el Yashiro Hotel. Así corren los hechos por la ciudad. Pero la noticia que acapara los titulares de la tarde es la del bebé muerto por asfixia en el interior de un vehículo. Y es curioso, porque, por algún error de reporteo, por mala información o simple errata, la prensa atribuye maternidad a Melis Victoria, inmigrante de nacionalidad chilena, sobre el bebé de diez meses muerto en un vehículo Suzuki azul del año 2000, en una solitaria calle de Kamakura, Japón.

CACHIPÚN

Que llegaran culeaditas. Eso les había pedido Orozco la semana anterior en la entrevista. En realidad les pidió que llegaran "culeaditas y comiditas, por favor". Como si temiera que las nuevas empleadas aparecieran con cara de hambrientas, demasiado voraces. Por temor, seguro, a que las mellizas se fueran al chancho y le arruinaran la noche.

Así que eso hicieron.

A las tres de la tarde del sábado siguiente cada una se aplicó en lo suyo. Apenas lo conversaron: ¿Tú qué prefieres? ¿Y tú? Como las dos preferían lo mismo, lo echaron al cachipún. Rita hizo tijera y Sandra, papel. Y como tijera corta papel, Rita fue a la pieza del hermano y le planteó la cuestión. Que necesitaba hacerlo rapidito, antes de las cinco, que por favor, que Orozco si no. Y que después, si quería, le servía la once. Sandra asumió su papel cortado por la tijera y se lo pidió al tío. Por favorcito, tío, no sea malito. Le decía tío, pero era su padrastro. Lo pilló entrampado en el motor de la furgoneta. Lo hicieron casi al mismo tiempo que Rita y el hermano, a metros de distancia, poco antes de las seis de la tarde, con cielo pálido y veintidós grados de temperatura. En la pieza del fondo, unos; en el patio arrimados al auto, los otros. A las mellizas les quedó la sensación casi idéntica de haberse desinflado, aunque en rigor fueron los hombres quienes se desinflaron adentro de ellas.

Así que ahí estaban: culeaditas, casi listas. Ahora les faltaba comer. Tenían tantas ganas de trabajar para Orozco. Si todo resultaba bien, las tomaría jornada completa. Lo había prometido en la entrevista: Cuando el negocio anduviera con ruedas propias, Dios me libre, ya verían. De cajeras podrían pasar a meseras, de meseras a delantalcito abierto, culebreo de la cintura, uno que otro agarrón y mucha propina, no saben cuánta propina suelta un hombre acalorado. Porque de eso se trataba: de mantener al cliente a punto. Que llegaran siempre comiditas, por favor, bien culeaditas; que no fueran a caer, ellas, en la tentación. Ya vendría el futuro, créanme. Serían billonarias. Esa fue la palabra que usó Orozco para referirse al futuro de Rita y Sandra en el negocio que comenzarían esa noche.

Así que eso esperaban las mellizas: el futuro billonario.

Tomaron once con el padrastro, el hermano y la tía abuela, que llegó a última hora cargada de bolsas. ¿Qué traes ahí?, preguntó el hermano. Traía vestidos, delantales, mamelucos, blusas, pantalones, chaquetas de mezclilla, cotelé y lino adentro de las bolsas plásticas. Kilo y medio de ropa usada que había recogido en la feria; ropa sucia pero buena que los feriantes no vendían y dejaban ahí, abandonada. Sandra se quedó con el delantal verde; Rita, con el violeta azulado. Le dieron las gracias a la tía abuela y se pusieron los delantales ahí mismo. Era la primera vez que la vieja no les preguntaba qué habían hecho todo el día. Quizás ya le aburría escuchar lo mismo, pensaron las mellizas.

Terminaron la once, dijeron chaíto y salieron a la calle moviendo las caderas como un par de marionetas, el estómago lleno, tal como les habían pedido, sin señales de padecimiento. Iban con los delantales usados pero casi nuevos, listas para debutar en el trabajo de Orozco. Se veían tan campantes, como con una felicidad nueva se veían las mellizas ese sábado en la tarde.

Pero la felicidad duró tres cuadras y media. En la puerta del local donde la semana anterior se habían entrevistado con Orozco; en el lugar donde servirían bebidas, sánguches, schops, cañas, lo que el cliente ordenara, alguien había pegado un letrero: "Clausurado". Letras rojas en un fondo blanco y ni una sola explicación. Ahí estaba, ahí lo veían: el futuro clausurado de cuajo. El sueño de las mellizas y de la familia completa mutilado por diez letras. Golpearon las ventanas, tocaron el timbre ocho veces, pensaron en tirar piedras –¿a qué, a quién?–, se miraron los delantales que ya no les parecieron tan nuevos; se notaba a la legua que habían sido ocupados y lavados un millón de veces. Levantaron los hombros como ocurre en las películas cuando hay una escena triste, se sentaron en la vereda a esperar. Una hora y media, pero nada.

Culeaditas y comiditas, volvieron a la casa.

La tía abuela, el padrastro y el hermano parecían esperarlas. En realidad era como si las hubieran estado esperando ahí mismo —sentados en esas sillas añosas del comedor, con las tazas a medio llenar— desde el comienzo de la civilización. Al principio nadie dijo nada. Les hicieron espacio en la mesa y soltaron un par de monosílabos huérfanos. La tía abuela fue a la cocina, preparó huevos revueltos y ya todo volvió a la normalidad. Qué tanto, si era un trabajito nomás, dijo el padrastro. Y el diminutivo sonó tan apiadado que la tía abuela se emocionó. Le tomó las manos, le dio un beso en la frente, le agradeció su bondad. Las mellizas sacaron las ropas de las bolsas y se vistieron con trajes desafinados, colorientos, de otra época. Hasta la abuela se probó un vestido ajeno, un trajecito color salmón. Y juntas, las tres, ensayaron los pasos de una coreografía de la tele. Los hombres se rieron como bestias, por poco se pusieron a bailar con ellas. Hasta que la tía abuela se puso seria y le dio por preguntar sobre las labores del día. Todos se fueron por las ramas: que las tardes cada vez parecían más cortas, que uy, que la grasa del furgón, que la paila de los huevos, que no me acuerdo. Parecían un poco calientes todavía.

Después cada cual volvió a lo suyo. Se respiraba un aire primaveral, a pesar de ser agosto. Las mellizas pensaron en las palabras de Orozco de la semana anterior, en sus dichos. Se les vino a la cabeza el futuro billonario. Billonario, la palabra *billonario*, les resultó de golpe ajena. Como si correspondiera a otra lengua, a otra raza idiomática. Billizas, murmuró una de las hermanas. ¿Qué?, dijo la otra. Y la primera soltó una risita corta, que pareció más bien un estornudo reprimido. Después se quedaron un rato calladas, mirando las bolsas vacías, con los bultos de ropa desparramados por el suelo. Pero se las veía como hambrientas, ganosas otra vez. ¿Tú qué prefieres?, preguntó Sandra. Las dos preferían al hermano, que era más tiernito, menos bruto. Así que hicieron cachipún. Rita sacó piedra y Sandra, tijera. Y como piedra rompe tijera, Rita se encargó otra vez del hermano y Sandra volvió a fornicar con el padrastro hasta que Orozco pasó a la historia.

Imposible salir de la Tierra

Vive con su hermana, está por cumplir veinte años y ahora se va a morir. En principio tiene dos opciones: dejar que el cirujano corte y trate de componer las cosas; o no hacer nada. Si no hace nada, lo más probable es que las células degeneradas la devoren tranquilamente en la sala del hospital. Y si deja que el cirujano opere tiene también dos opciones: quedar bien o quedar mal. Cincuenta y cincuenta. Si queda mal tiene otras dos posibilidades: convertirse en planta o andar con una bolsita para todos lados, como esa gente que pasea a su perro y va recogiendo todas las fecas. Sólo que ella sería simultáneamente el dueño y el perro, con la bolsita a cuestas todo el tiempo. Puros finales tristes y demasiado reales para alguien como Julieta, hermana de Raquel, aburrida de tragar esa agüita dulzona que le han dejado en el velador. Aburrida, sobre todo, de la cháchara de la propia hermana.

—Los japoneses viven doce horas antes que nosotros y eso los hace de por sí más despiertos —apuesta Raquel, sentada en el banco de visitas, bolsito abrazado, lista para salir arrancando del hospital.

Quizás porque necesita trasladarse a otro hemisferio o porque es una manera indirecta de recordar al padre, la mujer se engolosina tanto con los japoneses, y ahora anuncia que están limitando el uso del aire acondicionado en las oficinas públicas: veintiséis grados de temperatura mínima en verano y veinte de máxima en invierno. El primer ministro de Japón, incluso, mandó a los hombres a no usar corbatas ni trajes en verano para evitar calores de sobra, jura Raquel. Y Julieta supone que su hermana está inventando la historia. Y a ella qué le importa lo que hagan con el frío o el calor al otro lado del mundo: nunca vestirá kimonos ni caminará sin zapatos entre baldosas nacaradas como lo hizo quizás su propio padre en la última gira a Oriente. Nunca se acercará ni remotamente a Japón. Julieta no llegará a los veinte años y su hermana se va a quedar sola como una ramita de bambú.

—Que se mueran de calor —frena por fin el palabreo.

—¿Quiénes? —se desconcentra Raquel.

—¡Los japoneses, los japoneses!

Y la hermana sana mira a la hermana enferma, echada sobre esa cama de sábanas tiesas como varitas curtidas, con ganas de decirle: "Calma, hermana". Pero en realidad es ella, la sana, la que necesita esa tarde un golpe de calma. Raquel no es una mala persona: se come las uñas, estornuda igual que un gato, anda dando las gracias todo el tiempo. Hasta cuando la ignoran dice: "Oh, muchas gracias". Pero se le caldea el cerebro con tanta facilidad que saca los razonamientos en bruto y no se da cuenta.

* * *

Dos noches atrás recibieron la llamada del hospital. El teléfono nunca daba buenas noticias. Cada una levantó un auricular. Raquel en el aparato del dormitorio; Julieta en la cocina. "El miércoles a las cuatro de la tarde dispongo de pabellón", informó el doctor Lemus. Y aunque aseguró que lo dejaba a su criterio (al de Julieta, que naturalmente no era el mismo criterio de Raquel), hizo ver que se trataba de un asunto urgente. En plural lo dijo:

—Es urgente que tomen una decisión —como disimulando lo obvio— Es de vida o muerte, señoritas.

Pero la enferma prefería cualquier cosa, morir mañana mismo, antes que terminar como planta o perro. El cirujano reiteró entonces lo del cincuenta por ciento de probabilidades. Y habló de los cuidados postoperatorios y de las probables secuelas y del riesgo vital, bajo pero real, que toda intervención quirúrgica acarreaba. Y de la decisión que a fin de cuentas es enteramente suya, señorita, espero su llamado. Ni bien cortaron el teléfono Raquel alcanzó a su hermana en la cocina y se vio repitiendo las mismas palabras del médico.

—Hay un cincuenta por ciento de posibilidades de éxito, ¿por qué no lo miramos así? ¿Por qué no tenemos fe una vez que sea? —marcó el plural con algo que a Julieta le sonó a demagogia. Ella no sólo carecía de fe en la medicina en general y en el doctor Lemus en particular, sino que también descreía de los milagros, de las excepciones, de los padres y de los hijos y también de los hermanos. Y al escuchar la voz del médico en el teléfono ya había tomado la decisión: antes muerta que meterse al quirófano.

Raquel, sin embargo, seguía alentándola.

Julieta hizo como si no existieran las rogativas de su hermana y salió de la casa con rumbo indefinido. Eran las nueve y media de un lunes de fines de diciembre. Caminó por calles llenas de guirnaldas navideñas. Pasadas las diez de la noche se encontró frente a una glorieta desierta. Imaginó que había una orquesta y que ella estaba entre el público. Al hombre del arpa se le rompía una cuerda. Miraba para todos lados y nadie lo ayudaba. Julieta tampoco lo ayudaba. Luego se puso a caminar de vuelta hacia la casa.

Raquel la esperaba despierta. Peor: despierta y con un puñado de somníferos en la mano, a punto de llevárselos a la boca. El frasquito vacío en el velador. Pero no había vasos ni jarros ni una botella de agua siquiera. O sea que además de tragarse las pastillas, pretendía asfixiarse. O estaba blufeando. Tal como blufeó su propia madre una pila de veces hasta que lo hizo. Antes había sido lo del padre, pero eso no fue con pastillas. Estaba de gira con la banda y ensayaba las piezas que interpretarían en la ceremonia. El jefe de la delegación local le había prestado un koto, y ya casi lograba domesticarlo cuando se coló el proyectil en el recinto. Una bala perdida, dijeron los periodistas, un accidente. Nunca pudo probarse lo contrario: que hubiera sido una bala orientada, algo más que un tiro loco. La ceremonia de inauguración del campeonato mundial siguió su curso regular. A la familia le avisaron oficialmente dos días después. Una llamada telefónica desde el mismísimo Japón. Ring y adiós. Ya era demasiado tarde: la madre y las hijas lo habían visto por televisión, en el noticiario de las nueve, justo antes del documental sobre el vigésimo aniversario de la llegada del hombre a la Luna.

* * *

—Si no te internas me mato —dijo Raquel con un tono muy agudo. A Julieta le pareció que su hermana maullaba.

—Ya está, nos morimos las dos —concluyó la enferma.

Raquel abrió la palma de la mano y dejó que las pastillas cayeran al suelo. Una a una, la treintena de píldoras blancas. Después se aferró como almeja al brazo de su hermana, y se largó a llorar.

Julieta terminó transando. Al día siguiente llamarían al médico y al subsiguiente se internaría en el hospital. Pero fue sólo para calmar el lloriqueo de la hermana y alejar el fantasma de la madre, que cada vez se les aparecía con más frecuencia, apestando a barbitúricos vencidos. Y también al del padre, que bajo la tierra de Oriente zumbaba en sus cabezas. Pero la verdad de las cosas es que Julieta ya no estaba encariñada con la vida. Tras los episodios del padre y de la madre había tenido un cactus, un pez azul de acuario y un sobrino en segundo grado (un hijo de un primo). Consideraba que había superado la trágica orfandad: casi el árbol, casi el animal, casi el hijo: la cadena natural, según los psicoanalistas. Había marcado el visto aprobatorio en los tres ítems principales de sus interminables listas y ahora sólo tenía a una hermana llorosa y un tumor desplegándose cuesta arriba por su estómago. Dadas así las cosas, morirse no era un problema. El problema real era cómo y cuándo.

* * *

Deben haber tenido siete y nueve años. Siete Julieta y nueve Raquel. Entonces pensaban que eran catalépticas. No sabían bien qué era la catalepsia, pero les parecía que no estaban cien por ciento vivas. El aire se les suspendía de repente y las mandaba a un lugar impreciso, que no consistía en la vida ni en la muerte. Pero lo más raro no era la catalepsia misma sino la coordinación cataléptica. Es decir el acoplamiento entre las hermanas: dos vivas muertas o muertas vivas en el mismísimo instante. Una estaba dormida y la otra despierta, y si la primera entraba en la fase cataléptica, como le llamaban ellas a ese estado en que podían escuchar e incluso ver todo pero no emitir sonidos ni movimientos corporales; en esa fase de suspensión vital, de borrado, la que estaba en apariencia dormida ponía toda su energía en mover un dedo, apenas un guiño en la parálisis del cuerpo, de manera que la segunda pudiera sacudirla a tiempo y salvarla de la pesadilla. Solían dormir tomadas de la mano.

La noche que vieron al padre en el noticiario —escucharon el reporte del periodista japonés, en realidad— padecieron uno de los sueños mejor coordinados de sus vidas. Raquel primero; Julieta después. Con minutos de diferencia, soñaron exactamente lo mismo: vieron al padre con un traje espacial dando pasos temerosos sobre una Luna llena de polvo. El hombre cargaba el arpa en una mano. De un minuto a otro se sentaba en un cráter y se ponía a tocar. Pero el sueño era sin sonido, de manera que el padre tocaba como al vacío. Las niñas no estaban dormidas ni despiertas a cabalidad. Coordinadamente inmóviles, escuchaban la voz de la madre que se filtraba desde la cocina. Parecía salir de un túnel esa voz que hablaba sola. O que le hablaba a la ventana o al mismo padre o, quién sabe, al más allá.

—Yo no fui —repetía—, yo no fui.

* * *

Cuando salieron de la casa rumbo al hospital, esta mañana, el sol era un disco macabro de rojo. Parecía, así lo vieron las hermanas, que se iba a reventar arriba de sus cabezas.

* * *

Ahora Raquel ha dejado a un lado Japón, pero vuelve con el aire acondicionado. No puede soportar el silencio aséptico de la sala que habita su hermana. Sabe que si Julieta se duerme no podrá despertarla. Entonces habla. Dice que el hombre no está hecho para temperarse y que el atropello a la naturaleza y que el fin de la civilización y que la humanidad estallando en pedacitos y que la hecatombe, doctor, buenas tardes, lo estábamos esperando. El doctor Lemus, con cara de anestesia, informa que la cirugía será finalmente a las seis de la tarde. O sea, en cuatro horas más. Veinte o veintiún grados, calcula Julieta que hay en este momento en la sección de oncología. Para qué temperan a estos enfermos, piensa, si en un rato más, horas, días, con mucha suerte meses, se hallarán bajo tierra, muertos no de frío sino de muerte en serio. Y para qué sube las cejas y mueve las manos en espiral y dice todo eso que dice y que dos noches atrás expuso sintéticamente al teléfono el hombre con delantal blanco y cara ya no de anestesia sino de palo, de garrotazo en plena cabeza; para qué todo eso si Julieta no se va a salvar.

—¿O sea que tendría que pasar dos noches en el hospital? —pregunta Raquel.

—Por lo menos —confirma el médico.

El hombre la mira con un gesto que Julieta no sabe si es de lástima o fastidio. ¿Qué se creían?, piensa la enferma que piensa el médico, ¿que operarse era qué? No se creían nada. No lo imaginaban simplemente. Uno no imagina que va a ganar la partida al cactus, al pez, al sobrino. La hermana mayor pregunta sobre un par de aspectos técnicos. A Julieta no le dan la palabra. Se supone que en esta etapa los enfermos se entregan sin chistar. Entregan el hígado, la columna, el estómago, la voluntad, lo que haya que entregar y se olvidan. Pero ella no: ella hace como que se olvida y los deja hablar. Ha prometido internarse; no enterrarse en el quirófano.

—¿No viene con su ropa de cama? —se asombra el médico.

—Pensamos que la daban acá —responde Raquel en plural solidario.

—No —dice el hombre. Julieta lee lo que sugiere su escueta negativa: ¿pensaron que venían de paseo las perlas? ¿Pensaron que era un chiste?

—Se nos olvidó —dice la enferma.

Y entonces el doctor ordena (ahora sí con cara de fastidio) que Raquel vaya de inmediato por los efectos personales de su hermana. Tiene dos horas para traer la camisa de dormir, la bata, las pantuflas, el cepillo de dientes, alguna revista o un libro, lo que haga falta.

—Oh, gracias —se despide la mujer antes de salir de la sala—. Muchas gracias.

* * *

Julieta está sola en la sala del hospital. La sala doce, en el cuarto piso. Cierra los ojos, busca un pensamiento en su mente desordenada. Quedar como planta o como perro. Abre los ojos, se levanta. El doctor Lemus ha dejado una bata verde y un gorro plástico sobre una silla. Duda si ponérselos o no. Calcula que le traerían más dificultades que beneficios, y entonces deja el vestuario de interna ahí mismo. Camina con pasos seguros hacia la puerta. Mira acá y allá: desierto. No falta nada para Navidad; en estas fechas todo el mundo anda distraído. Los médicos, las enfermeras, hasta los mismos enfermos parecen vagar en otra dimensión. Justo frente a la puerta se detiene un empleado con una escoba que a Julieta le parece de bruja o de extraterrestre. El hombre la saluda con un movimiento de cabeza. Julieta responde el gesto con cortesía de sobra. Como si hubiera dicho: "Tanto tiempo, señor marciano". Lo ve perderse por el pasillo y toma el camino en sentido contrario. Julieta cree conocer de sobra el hospital por los relatos de su propia madre. Tantas veces habló de lo mismo. Veintidós años trabajando como enfermera. Jefa de personal, incluso, los últimos días. Hasta que pasó lo del padre, la gira, la bala, la noticia en la pantalla empañada de golpe por la superficie polvorienta de la Luna. Después la madre abandonó el hospital. Debió haber entrado como enferma por la puerta de urgencia, pero no llegó. Porque se tragó las pastillas de una vez en la casa, en la cama, con la luz apagada y doble llave a la puerta, y sanseacabó.

Julieta sabe que los ascensores están en el sector norte, justo donde termina el pasillo de urgencias. Camina hasta ahí. En menos de diez segundos se abre la boca del ascensor: viene vacío. La mujer entra y pulsa el botón en el número nueve. Las puertas se cierran y empieza a elevarse. Ya está, se dice, dos minutos más y todo habrá terminado. Cierra los ojos, trata de encontrar el pensamiento que otra vez no viene. Ahora llega a su cabeza la madre hablándole de los laberintos del hospital, del casino en el subterráneo, de las salas de urgencia y por fin del piso nueve: la gran explanada con vista a la ciudad. El precipicio con sus fauces abiertas. Pero no es eso lo que ve Julieta al bajar del ascensor, sino un hombre de mameluco azul acompañado de una tropa de obreros con maquinaria pesada y las primeras huellas de lo que, recién se entera, será el gran helipuerto del hospital. El precipicio polvoriento, cubierto de escombros que bien podrían ser cráteres, plagado de obreros con cascos y guantes.

—Está prohibida la entrada a la obra —la frena el hombre del mameluco. Y como no recibe respuesta de parte de la mujer, insiste con una variante—: No está permitido el ingreso de pacientes, ¿me oye?

Si supiera él lo impaciente que está ella en ese momento; la urgencia que tiene por acabar de una vez con todo. Ni perro ni planta, ¿cómo decirle? Pero el hombre insiste con que debe retirarse, disculpe, señora. Si supiera él cuánto quiere retirarse ella; si sólo comprendiera que ya no está del todo ahí, que oye más allá de las palabras, que ve lo que quizás sea un satélite o una estrella primeriza como pintada en el cielo y se imagina la ciudad en la superficie, la ciudad que no volverá a pisar, las guirnaldas anunciando una Pascua feliz para todos allá abajo, y arriba el cielo como una ciudad patas para arriba con esos brillos que acaso sean pura ilusión. Y Julieta tiene el recuerdo, que se le borra enseguida, de los hombrecitos fluorescentes, galácticos, en la pantalla del televisor.

—¿No me está oyendo, señora? —dice el hombre que con toda seguridad, piensa ahora Julieta, comanda estas obras. El hombre que impide el final perfecto.

* * *

Raquel fue la primera en verla muerta. Golpeó a la puerta cinco, diez, veinte veces. Esperó. Volvió a golpear. Entonces lo supo. Rompió el vidrio de la ventana, trepó y se coló en el dormitorio de la madre. Estaba tendida sobre la cama, con el frasco de pastillas a un lado y un hilito de saliva o de agua o quién sabe de qué líquido corporal corriéndole por el borde de la boca. Raquel le juntó los labios. No fuera a ser cosa que se le metieran hormigas y la comieran por dentro. Era la primera vez que veía un cadáver. Al padre lo habían mandado hecho cenizas en valija diplomática. Un cofre plateado con un escudo y una banderita que llevaba su nombre, al modo de un trofeo. Incluso habían visto el arpa, la maleta, la ropa, su afeitadora, un par de fotos instantáneas tomadas en Kamakura. Pero nunca lo vieron muerto. Dos años después la madre tampoco dejó cartas ni mensajes ni explicaciones.

–Tiene jaqueca –le mintió Raquel a Julieta, cuando la vio llegar–. Es mejor que la dejemos dormir un rato, tú sabes.

Las hermanas sabían que a la mujer le daban esos dolores que por poco le volaban la cabeza. Y no había nada que hacer. Dejarla dormir, nada más. Y entonces la dejaron dormir, morir.

Pero antes fue ese silencio nuevo que Raquel no hallaba cómo ocupar. Sabía que Julieta sabía que le estaba ocultando algo. Primero se puso a hablar del padre, pero ese era un tema que abría demasiadas ventanas. Así que las cerró y se lanzó con la Luna. Julieta cuchareaba un yogur y la oía sin atender el significado exacto de las frases que salían como coágulos por la boca de la mujer que era su única hermana.

—Te voy a decir algo —dijo Raquel de golpe y esperó un par de segundos para arrojar su revelación—. El hombre nunca llegó a la Luna.

Raquel dijo esa tarde que la tecnología del *Apolo 11* era tan pero tan primitiva que, oye, imposible salir de la Tierra; que el computador con el que supuestamente operaban desde el espacio tenía menos memoria que una lavadora. Y otra cosa: ¿por qué no había estrellas en las fotos tomadas desde la Luna por los tripulantes? Se supone, dijo Raquel que decían los expertos, que el cielo de allá arriba era cristalino como el agua, sin atmósfera, sin nubes: ¿dónde estaban entonces las estrellas? Y para colmo: ¿cómo era que la bandera norteamericana flameaba? ¿Cómo, si en la Luna no había viento? Todo era un fraude, aseguró la mujer que aseguraban los científicos del mundo: una conspiración.

—El hombre no ha salido jamás de la Tierra —remató Raquel—. ¿Te das cuenta?

Julieta no supo qué responder. Puede que la hermana mayor tuviera razón; puede que no. A ellas, pensó, no les cambiaba la vida si el hombre llegaba o no a la Luna. Mientras pudiera llegar a Japón, ya tenían bastante. Entonces se acordó del yogur que estaba comiendo y abrió la boca para recibir la última cucharada.

Pasaron los siguientes minutos calladas. Hasta que Raquel no aguantó más.

–Te voy a decir la verdad –dijo. Y lo hizo–: Mi mamá está muerta.

Y *mi* mamá era también *su* mamá, y Julieta dijo:

–¿Qué dices? –y vio caer el vasito de yogur al suelo y corrió a ver a su mamá, a mi mamá, a la mujer que las acababa de volver cien por ciento huérfanas.

* * *

La vida había corrido demasiado rápido para las hermanas. Primero el padre, después la madre, después inercia. La vida como un tropezón. Siguieron coordinando la catalepsia y se habituaron a las pesadillas bilaterales. Y ahora, sin haberlo soñado, entraban de urgencia al hospital.

* * *

A Julieta se le ocurre que en el piso ocho quizás haya ventanas. El final casi perfecto. Como el cactus, el pescadito azul, el hijo del primo. Baja la escalera corriendo; catorce escalones. Lo que encuentra es una sala común con cuatro o cinco ventanas; ninguna lo suficientemente amplia como para hacerlo. Además, llenas de gente con cara de calamidad. No es sólo la cara, piensa, son ellos mismos la calamidad. Como para lanzarlos a todos por la ventana. Otros catorce escalones en dirección a la tierra: piso siete. En el pasillo aparece un hombre con barba de mahometano, extremadamente larga.

A Julieta le recuerda a alguien; no se acuerda a quién. Buenas tardes, buenas tardes. Piso seis. Adelante, dama, la hace pasar un individuo con delantal verde. ¿Un paciente? ¿Un enfermero?

—¿Con quién tiene hora?

—Con el doctor —dice Julieta.

—¿Qué doctor?

—El doctor —insiste. Y se apunta el estómago—. Tengo cualquier cosa aquí adentro, ¿sabe?

El hombre sigue preguntando a qué doctor busca, pero Julieta ya está de nuevo en la escalera. Piso cinco. Muy poca altura para tirarse, quizás habría que buscar otra fórmula. Un baño, colgarse de un tubo en el baño. ¿Pero con qué? No usa cordones en los zapatos ni cinturón. Y por lo demás los baños son minúsculos. Si al menos hubiera una tina para sumergirse. Puras salas con tubos: piso cuatro. Su propia sala deshabitada. Gente que espera, pasamanos añosos, oxidados de tanta mano enferma, gente que languidece en los camastros, pieles estriadas, la vida como una tela demasiado fina. Piso tres, dos, uno, cero. Escalones que conducen a un subterráneo con olor a puré. Ahí mismo comió su madre tantísimos años, se le ocurre a Julieta. Puré con vienesas, puré con ensaladas, puré con puré. Quizás abriendo el gas de las cocinas del hospital. Pero, ¿cómo? Para eso es mejor regresar a casa y cerrar las ventanas, asegurar las puertas, prender el horno, esperar que el gas se la lleve, meter la cabeza. ¿Planta o perro? Julieta comprende que su propia aniquilación no depende de ella. Y como si no estu-

viera a punto de cometer lo que quiere y no puede cometer, se da cuenta de que su estómago tampoco la sigue y
ahora cruje de hambre. No de dolor ni de estar a punto de
reventar; cruje de hambre, de hambre el infeliz. Ve pasar
una bandeja con puré y no puede evitarlo.

–Deme un poquito, por favor –se ve mendigando con
una bandeja plástica en el casino del hospital; en el subterráneo en vez del noveno piso: puré en vez del despeñadero.

–¿Con qué lo va a querer?

–Solo.

Y el puré solo es lo más rico que ha probado en sus
diecinueve años de existencia. Se lleva cada cucharada a
la boca como si fuera la última ración del planeta. Y piensa que quizás lo sea. El mismo puré que comía su madre
en la hora de colación. Y se da cuenta de que entró en el
conteo de las últimas veces de todo. La última vez que
me llevo una cucharada a la boca, la última vez que respi-
ro este aire; la última lista sin terminar. Veinticinco grados, calcula que hay en el casino del hospital a las cuatro y media de una de las últimas tardes de diciembre en
Santiago.

Julieta deja el plato a un lado y se sienta en la escalerita de la entrada. Cierra los ojos. Quiere dormir, pero
no puede. Quiere suspender el aire y llegar a ese lugar
cataléptico, impenetrable, que no es la vida ni la muerte.
Apoya la cabeza en el muro e imagina que sueña. Lo lógi-
co sería que vislumbrara un perro o una planta, pero no.
La mujer sueña ahora, en el subterráneo del hospital, lo

que probablemente sueñe su hermana esa noche o las siguientes noches sin ella. Sueña que es un pescado azul de cola pálida y fabulosamente larga, una cola de metros, de kilómetros, con la que se desplaza como si volara, como si no estuviera en el agua sino en el aire, y nada o vuela y atraviesa una laguna o una galaxia y no llega y no llega nunca al otro lado.

ARE YOU READY?

Ordenar la pieza, besarlo en la frente, apagar la luz, cerrar la puerta.

* * *

La madre le dijo que se iba a morir. Que su tío, su único tío materno, agonizaba al otro lado de la cordillera. Que ella no podía viajar, le dijo, que por favor fuera a acompañar a la familia en los últimos minutos de su único hermano. Que la sustituyera, le pidió la madre mientras apagaba el tercer cigarrillo de la mañana. Ya nos vamos extinguiendo, le dijo. Y era cierto: la familia se esfumaba, se esfumaba. A la hija le pareció que esas palabras le atravesaban el pellejo.

* * *

Estar lista, cruzar la cordillera, sustituir a la madre.

* * *

Sería su segunda muerte, pensó. La segunda persona a la
que vería sin vida en su vida. La primera había sido su
abuela, una pila de años atrás, en la misma latitud del
tío. Entonces ella era una niña y confundía las palabras.
Solsticio con *solcito* (no entendía que hubiera un día preciso que marcara el inicio del solcito de verano, si el sol
estaba siempre ahí en los meses calurosos). O *súbdito* con
hábito. Ella tenía dos malos súbditos: se comía las uñas y
odiaba los aviones. Aunque el último era miedo, más que
otra cosa. Pero su madre tenía un súbdito peor: fuma-
ba como chimenea. El caso es que la niña y la madre
habían cruzado la montaña para enterrar a la abuela. Y
se acercaron al féretro y esa fue su primera visión de
la muerte. Le pareció que ya no era la cara rosada tipo
abuela ni tenía los labios delgados tipo invisibles que re-
cordaba del verano anterior. Era y ya no era su abuela.

* * *

Les dicen *restos*, como si fueran las sobras de un pan des-
migajado.

* * *

Pero la madre ahora no podía viajar. Y la muerte del tío
las golpeaba de otra forma. Que la gente se fuera antes
de los ochenta años, antes de ser rigurosamente vieja, era

distinto. Los abuelos naturalmente se mueren, pensaba la hija. Los perros, los vecinos, los parientes lejanos se mueren. Pero ni los hermanos ni los tíos directos ni los hijos ni los gatos deberían morirse. Y ahora se iba su único tío, el hermano de la madre, y la hija viajaba a acompañarlo. A la prima hermana de su misma edad, a la novia de la prima, a la tía de setenta y pocos años: a ellos tenía que acompañar ahora la hija en nombre y cuerpo de la madre.

* * *

El tío llevaba puesta una bata de enfermo, de esas color verde agua, y estaba en la cama de un hospital público de provincia. Una pieza de paredes pálidas como el semblante de los mismos pacientes, un velador de melanina, una iluminación muy tenue, de ampolleta de 25 watts, un basurero plástico, motitas de algodón por todas partes, botellas de agua sin gas, un mate, galletitas azucaradas, una silla, un ventilador de techo que apenas ventilaba. Y en el muro, justo frente a la cama, un televisor de pocas pulgadas con un candadito y un cartel que anunciaba el precio por usarlo. Diecisiete pesos la hora. La hija venía llegando del otro lado de la cordillera y no sabía a cuánto estaba el cambio de la moneda nacional. ¿Sería caro, sería barato? ¿Siempre cobraban por usar el televisor en los hospitales públicos? Igual, nadie quería ver tele.

* * *

¿Querés un mate?, le ofreció la tía. Era viernes, nueve y media de la noche. En la pieza estaban también la prima hermana, la novia de la prima hermana y una amiga de la familia. Una en la silla, otra al borde de la cama, otra de pie. Era una familia chica, un pueblo pequeñito. Por la ventana se colaban ruidos de fiesta. Chispum, chispum, chispum. La gente se divertía en la provincia. También llegaban los chirridos regulares de las cigarras. Las mujeres hablaban en voz baja, como si los ruidos externos dieran lo mismo pero las palabras dentro de la habitación pudieran penetrar el coma terminal del hombre que moría junto a ellas. Cebaron mate, hablaron de los viajes a un lado y otro de la cordillera, de otras épocas, de la infancia de los tíos, del tiempo en que los profesores castigaban a los alumnos poniéndolos de rodillas sobre un charco de maíz, de la parentela italiana, del piamontés atropellado que hablaba el nono, de lo que significaba vivir separados por una montaña, por un océano. De fondo, los respiros del tío —el motor de una máquina mal calibrada—. No se apagaban nunca las turbinas, se esmeraban en acompañarlos.

* * *

La hija miraba de reojo esa figura esquelética y a la vez hinchada, con la piel semejante a una bolsa de agua, los pómulos marcados como un dibujo mal hecho y la boca abierta. Y pensaba que ese ya no era su tío. No tenía nada que ver con la imagen del cuerpo inanimado de su abuela, años atrás. Lo que veía ahora no era una persona. Era una mudanza, una evaporación, otra cosa. Supuso entonces que eso era morir: apagarse de a poco, como un solcito de otoño.

* * *

Les dicen *cuerpos*. De un minuto a otro dejan de ser personas y pasan a ser *cuerpos*.

* * *

Mirarle las pupilas, dudar, poner la mano en un corazón que ya no late. Llamar a los enfermeros, a los guardias de turno, al recepcionista. Decirles que ya está. Pedir unos minutos para despedirlo, sentir que esa pausa y ese silencio son gritos afilados, comerse las uñas en la espera muerta, firmar documentos.

* * *

No era buena hora ni buen día para trámites mortuorios. Viernes, once y media de la noche. Todo cerrado en la provincia, excepto los boliches de fiesta y uno que otro barcito. Pero la tía a estas alturas era casi amiga del sepulturero: había enterrado a los abuelos, a su hermano, a sus padres y ahora le tocaba enterrar a su marido. Era una mujer con vasta experiencia en muertes ajenas. Llamaron por teléfono al sepulturero, consiguieron entrar a la funeraria. La hija-nieta-sobrina-prima hermana nunca había entrado a una funeraria. Un museo de ataúdes, le pareció. ¿Cuál preferiría ella, la hija, para su propio entierro? Ah, ella querría que la incineraran, de modo que les ahorraría el trámite del cajón. Tenía que dejarlo escrito o decírselo a alguien. De pronto le urgió la decisión: llegaría a contarlo, sí, que su madre y sus cercanos lo fueran sabiendo desde ya. Pero no era hora de pensar en ella. Ahora escuchaba, muda como otra muerta, la discusión familiar. ¿Negro o café? Incluso hay féretros con madera tallada y dibujitos alegres, decía la vendedora. ¿De qué color le gustaría más a papi?, preguntó la tía. Pero si ya no está, mamá, dijo la prima hermana. ¿Cómo que no está? Que se sienta cómodo. Pero si ya no siente. ¿Cómo sabes si siente o no siente? Se desquiciaban en las visiones del más allá, le pareció a la hija. Se van a pelear por un cajón, pensó. Pero luego parecieron darse cuenta de lo inútil de la discusión. Y optaron por el féretro negro, sobrio, tradicional. Lo pagaron al contado, sin cuotas.

* * *

Vestirlo con algún traje que le gustara, dejarlo bonito, besarlo en la frente.

* * *

Mientras lo arreglaban en la cama, la novia de la prima fue a buscar ropa negra, apta para recibir a quienes vinieran a despedirse. El velorio sería en unas pocas horas más: sábado en la tarde y parte de la noche. Y luego el entierro: domingo en la mañana. No querían dilatar las cosas, preferían cerrar todo el fin de semana. La novia de la prima hermana llegó de negro. Y le trajo ropa perfectamente negra a la prima, excepto por un detalle. La polera tenía un estampado en letras rojas que decía *Are you ready?* Pero nadie estaba listo, nadie nunca lo estaría. Tampoco la sobrina, que había atravesado la cordillera sabiendo que iba a lo que iba. Y, en el entierro de su padre, la muchacha usó la polera al revés: el logo para adentro, la pregunta hacia el pecho.

* * *

Despedirlo, saludar a la parentela, hacer la ruta en reversa, cruzar otra vez la cordillera.

* * *

Cuando venía de vuelta en el avión, la hija pensó cómo se lo contaría a la madre. Qué frases usaría, qué pausas. Cómo le contaría el momento del último soplo, si se lo contaría o no. La había sustituido con emociones incluidas. Se había acordado de la abuela, había sentido que la madre, la hija, la abuela y el tío eran parte de un mismo hueso. Había sentido, acaso, lo que la madre habría sentido si hubiera estado ahí mismo. Esos ruidos prehistóricos del hombre, ese silencio rotundo, ese cuerpo que de golpe se volvió una cáscara vacía. ¿Qué habría pasado por la cabeza de la madre cuando el cajón del tío se encontró en el cementerio, madera a madera, con el de la abuela? La hija no supo responder a su pregunta porque ella misma no podía definir ahora mismo lo que había pensado entonces, hacía menos de veinticuatro horas. Miró por la ventanilla y tuvo la sensación de estar buscando algo en el aire. El avión se sacudía. Le pareció que la montaña, allá abajo, se mostraba dispuesta a recibirla con sus cuencas abiertas.

GORILAS EN EL CONGO

Romina lo había mirado, eso era cierto. Lo había mirado mucho desde la otra fila en las cajas del supermercado. Y al final le había dicho: "Un gusto verte". Luego la corrección: "Un gusto verlos, hasta lueguito". Y había salido con su carro semivacío hacia la calle. Iba moviendo las caderas como en un baile. Así la vio, al menos, Marietta.

—Hasta lueguito —repitió Samuel como atontado.

—¿Qué significa eso? —habló Marietta.

Era el turno de ellos en la caja. El cliente anterior acababa de recibir el vuelto de parte de la cajera y ahora les dejaba el espacio libre.

—¿Qué significa qué? —preguntó Samuel.

—¿La sigues viendo?

—¡Uf! —suspiró el hombre mientras ponía sobre la cinta corredera las manzanas, las naranjas, el par de limones, la lechuga y los porotos verdes. Primero las frutas y verduras, después los lácteos, al final los abarrotes. Siempre era igual.

—¿Qué significa *hasta lueguito?* Dime.

—Es un saludo…

—¿Tienes algo que decirme? —lo aguijoneó Marietta.

—No, por favor, las frutas con las frutas —le indicó al niño que había empezado a guardar desordenadamente la mercadería en bolsas plásticas.

—¿Y el papel higiénico dónde lo pongo? —preguntó el muchacho.

—Con el detergente, no sé… —vaciló Samuel.

—El papel que vaya con las servilletas, por favor —intervino Marietta.

La cajera parecía una máquina programada. Pasaba el producto por el código de barras, apretaba el botón, miraba la pantalla, clic, pasaba el producto por el código de barras, doble clic. Faltaban sólo el pollo y los huevos para terminar la compra.

—Dime, te estoy escuchando —volvió a hablar Marietta—. Soy toda oídos.

—No es el momento, mi amor —se disculpó Samuel con la vista fija en las manos del niño que en ese instante metía el pollo en una bolsa más chica. También parecía disculparse con la cajera.

—Ahora te da vergüenza… Pero todos se dieron cuenta de cómo te miraba —y le habló a la cajera—. Usted vio a esa niñita, ¿verdad?

La cajera no respondió. Marietta se agarró la cabeza con las manos. Se la apretó, se la apretó. Como si presionando fuerte pudiera dejar de ser ella. Qué quería decir con ese gesto, qué mierda iba a hacer ahora, se preguntó Samuel. Cuándo iba a entender, Marietta.

—Quince mil ochocientos cuarenta y ocho pesos —informó la cajera. Samuel abrió la billetera y sacó dos billetes de diez mil pesos. La mujer apretó un botón y abrió la caja. Tres filas para billetes y la esquina para las monedas—. ¿Desea donar los dos pesitos a la fundación Santa Esperanza?

—Sí —dijo Samuel.

—No —interrumpió Marietta. Entonces se sacó las manos de la cabeza y volvió a ser la misma persona.

—Sí —corrigió él, con cara de vergüenza.

—No —repitió ella—. No queremos donar nada.

La cajera les devolvió los cuatro mil ciento cincuenta y dos pesos. Gracias por comprar con nosotros, de nada, hasta luego, adiós. Samuel separó las monedas y se las entregó al muchacho: ciento cincuenta y dos pesos.

—Y además crees que solucionas las cosas con moneditas —se quejó Marietta.

—¡Hasta cuándo con tus tonteras! —soltó el hombre.

Marietta agarró el carro y empezó a moverlo por el pasillo. Samuel iba detrás. Se detuvieron frente a un mesón con periódicos del día. El titular del vespertino informaba que habían encontrado ciento veinticinco mil gorilas en el Congo. Se acercaron a mirar la misma noticia. Ciento veinticinco mil gorilas. Después se alejaron de los periódicos y siguieron caminando con el carrito hacia la puerta. Antes de salir se miraron. Parecían arrepentidos, culposos. Como hartados de sí mismos.

—Dime si la sigues viendo, te lo suplico.

—Marietta… —se atrevió a murmurar apenas Samuel.

Por su cabeza se cruzó, apenas como un relámpago, la imagen de Marietta y Romina agarrándose a golpes. Animales salvajes el par de mujeres: puños, codazos, patadas, un empujón preciso. Una mejilla sangrando, una costilla rota, la ambulancia.

—¿De verdad no hay nada que me quieras decir?

Quería decir, él, que la próxima vez no le iba a mentir. Que la próxima vez se iba a atrever. Que sí, que veía todas las semanas a Romina, que sí, que le seguía dando una mesada, que nunca dejaría de verla, incluso si le dijeran que era una asesina en serie. Incluso si un día les clavara el cuchillo a la salida del supermercado. Que sí, que nunca iba a dejar de verla porque era su hija. Eso le diría a Marietta la próxima vez. Pero todavía no era la próxima vez, así que esa tarde, con el carrito de supermercado separándolos, Samuel le mintió.

—No, ya no la veo.

—¿Sabes qué...? —vaciló Marietta. Y no terminó la frase.

Se agarró la cabeza con las manos y cerró los ojos. ¿Qué quería decir con ese gesto?, se volvió a preguntar Samuel. Todo. Quería decir, ella, que lo que ahora estaba rumiando, lo que brotaba sin control en su mente abierta, era apenas la hilacha desteñida de unos pensamientos demasiado oscuros como para desparramarlos ahí, en las puertas del supermercado, frente a ese hombre que de pronto le resultaba un completo desconocido. Entonces la mujer bajó las manos, se acomodó el pelo en un moño y dijo:

—Cuidado con las rueditas.

Después tomó el mando del carro.

EL OLOR DE LOS CLAVELES

Tenía cerca de veinte años, pero no aparentaba más de dieciséis. A Gómez, de buenas a primeras, no le pareció linda. Véanla: una cicatriz en el mentón, los pómulos hundidos como calavera, el pelo negro colgando disparejo, la mirada perdida, como de alguien con miopía pero sin anteojos, y un cuerpo chiquito, de aspecto anoréxico. Gómez la conoció –la vio, más bien, aquel único día– de manera casual. Él manejaba su Escarabajo por la Alameda, cerca de Plaza Italia, cuando la niña se atravesó con su bicicleta. Si el hombre no pega un frenazo, la aplasta ahí mismo. No está claro si fue la bocina del Escarabajo o el patinazo de las ruedas contra el pavimento o el alboroto natural de la ciudad a las siete y media de la tarde, pero de pronto la escena se volvió ensordecedora. La niña reaccionó con agilidad y desvió la bicicleta hacia un costado. Ahí se paró, temblorosa, jadeando como un perro. Gómez apagó el motor y se estacionó unos metros más allá.

–¡Puto! –la escuchó gritar mientras se bajaba del auto.

Caminó hasta la bicicleta y le aclaró que él no era ningún puto.

—¡Bruto! Le dije bruto, no puto —precisó la niña, con el mismo tono rabioso.

—Ah —estuvo a punto de reír, pero se contuvo—. Admita que usted también fue bastante bruta. Casi se tiró debajo de las ruedas, ¿no se dio cuenta?

—Bruto, bruto… —lo interrumpió ella, mirándolo con ojos de rabia.

Estaba aturdida, enajenada. Él comprendió que apenas escuchaba sus palabras.

—¿Quiere tomar un café? ¿Quiere comer algo? —exageró su amabilidad.

La niña aceptó a regañadientes. Estaba muerta de hambre, aunque trató de disimularlo. Gómez la acompañó a encadenar su bicicleta en un poste. Tuvo tiempo de mirarla mientras manipulaba el candado: no era linda. Sus movimientos aletargados y su fragilidad le provocaron, sin embargo, una inexplicable ternura y por un segundo Gómez deseó que el encuentro durara más de lo que estaba destinado a durar. Podría ser su padre. Sacó mentalmente la cuenta y descartó esa posibilidad; tendría que haber sido un padre muy precoz, se dijo.

Entraron al Pollo de Oro, un bar desaliñado en el corazón de Plaza Italia. El tono amarillento de los muros dejaba ver la grasa del ambiente. La carta no ofrecía más que café, schops, sánguches y huevos. El mozo se acercó a tomar la orden. La niña pidió café, un vaso de agua y tres huevos a la paila; Gómez, un schop.

—¿Come mucho huevo usted? —intentó romper el hielo.

—A veces. La otra noche llegué a comer once huevos —dijo ella, mostrando la fachada de unos dientes diminutos.

—¿Es de por acá?

—No.

—¿Trabaja por acá?

—Mmm —dijo la niña, cortante.

—Oiga, disculpe lo del auto… Yo creo que usted se atravesó, pero igual le pido disculpas, porque en este país nadie respeta a los peatones. Y menos a los ciclistas.

—Yo no soy ciclista.

—Pero andaba en bicicleta.

—¿Usted es alcohólico?

—No, ¿por qué?

—Porque va a tomar un schop.

El mozo llegó con los pedidos y los depositó sobre la mesa con descuido. Se veía malhumorado.

—¿Cuál es su nombre?

—Libertad.

—¿Libertad? ¿Por qué? —preguntó Gómez sin pensar.

—¿Cómo por qué?

—Digo, ¿por qué le pusieron así?

—No sé.

—Pero, ¿usted nació en qué año?

—¿El ochenta? —respondió ella con tono de pregunta.

—¿Sus padres son de izquierda?

—Sí… —vaciló—. No, no tengo idea. ¿Por qué me pregunta eso?

–Porque si uno le pone Libertad a una hija será por algo –explicó Gómez con seguridad–. No será por la libertad de mercado, ¿no? –y se rio de su simple ocurrencia. De repente se sintió tan estúpido.

La muchacha no respondió. Comenzó a devorar sus huevos y él no pudo evitar mirarla con piedad, como se mira a un enfermo. Se quedaron callados un buen rato. La cabeza de Gómez se llenó de ideas vagas y arrebatadas sobre la vida de esa niña. Cualquiera podía darse cuenta de que pensaba en ella con inquietud, como si intentara memorizar su perfil, su pulso, sus gestos de adolescente. Se hubiera quedado en la misma situación, exactamente en esa postura, mirándola comer sin decir nada durante muchas horas, pero el vocerío de un vendedor interrumpió la calma. El hombre se acercaba a las mesas presentando un canasto de mimbre con claveles blancos, e intentaba persuadir a la clientela para que comprara sus flores. A Gómez le pareció que la niña le sonreía al vendedor y en seguida vio que este le correspondía. Fue extraño lo que sintió: una mezcla de celos, envidia y tristeza. Llegó a figurarse que la muchacha le pertenecía, que la conocía desde la infancia. Que la quería, casi.

–¿Me compra un clavel, caballero? –escuchó que le hablaban–. Para su hija.

Y el vendedor apuntó a Libertad.

–Ella no es mi hija –aclaró Gómez.

–Para su novia, entonces.

–Él no es mi novio –intervino la niña.

—Bueno, para que le dé aroma a su hogar —terció el vendedor, sin dejar de mirar a la niña.

—Déjeme olerlos —dijo Gómez, y acercó la nariz al canasto.

—¡Eso no se puede! —lo frenó el hombre—. ¿Va a comprar o no va a comprar?

—¿Cómo voy a comprar un clavel sin olerlo? Yo también soy vendedor, oiga. Vendo libros. Y yo les dejo hojear los libros a los clientes antes de comprar.

—Caballero, los claveles tienen el olor de los claveles y punto —cerró el diálogo el vendedor y se alejó de la mesa.

Ahora sí Gómez estuvo seguro de que Libertad le sonreía al florista. El tipo salió del Pollo de Oro y él se quedó en el bar con la muchacha y el recelo.

—¿Lo conoce? —la interrogó.

—¿A quién?

—Al vendedor.

—Usted hace muchas preguntas. Yo no ando contando mi vida a desconocidos.

—Disculpe, sólo pregunté si conocía al vendedor de flores.

—Y yo sólo dije que usted hacía muchas preguntas —la niña tomó el vaso de agua sin apurarse, hasta vaciarlo—. No sé qué quiere conmigo.

—¿Usted está insinuando que yo…?

—Yo no estoy insinuando nada, oiga.

—Escuche, Libertad. No pretendía meterme en su vida. Si la invité a tomar un café fue para calmar sus nervios después del susto que pasó con la bicicleta, nada más.

—Muchas gracias, señor, pero sé cuidar mis nervios sola —hizo una pausa antes de cerrar el diálogo—: Ahora tengo que irme.

—Ahora tiene que irse —repitió como atontado el hombre. Otra vez no pensaba antes de hablar.

La niña se limpió la boca con una servilleta, dijo muchas gracias y se levantó de la mesa. Gómez la vio alejarse con ese movimiento amodorrado que le pareció tan íntimo. Sus ojos siguieron clavados en ella algunos minutos; la miró caminar por el pasillo, meneando suavemente las caderas, y detenerse luego en la puerta para abrochar un cordón de su zapatilla. Otra vez le entró a Gómez esa inexplicable ternura. Quiso que fuera su hija, su hermana, su amiga. Para qué nos engañamos: quiso que fuera su amante. Quiso tenerla muy cerca; esa muchacha lo había encandilado. Se levantó, pagó la cuenta en la caja y salió detrás de ella.

Ahí estaba ahora, detenida frente a un quiosco de diarios. Al poco rato apareció el hombre de los claveles. Se saludaron con un beso en la mejilla y, acto seguido, el vendedor la tomó del brazo y la llevó hasta la esquina. Gómez caminó detrás de ellos cuidando sus pasos para no ser descubierto. Quizás ella es prostituta y él es su cafiche, pensó. Los siguió unos metros. A dos cuadras del bar se juntaron con un segundo hombre, un flacuchento con la barba a medio crecer que Gómez juzgó dudoso, por decir lo menos. Son unos matones, se dijo.

Después de un momento le pareció que los hombres discutían. De qué carajo podían estar hablando. Los tipos movían las manos, se agitaban, puede que se insultaran. Libertad los miraba atenta. Cada vez que intervenía en la conversación, los hombres la hacían callar de modo agresivo. La escena se prolongó unos instantes sin variaciones: los tipos discutían, ella quería intervenir, los tipos la silenciaban, ella insistía, los tipos se irritaban, y así. Es posible que la niña desobedeciera algún mandato, eso no se sabe, pero de pronto el vendedor de claveles levantó la mano y la golpeó en la cara. Libertad gritó y entonces el otro, el dudoso, la amenazó con un cuchillo.

La va a matar, pensó Gómez. Consideró la posibilidad de salir a defenderla, pero el filo de la navaja lo acobardó. Salió de su escondite en silencio y corrió hacia Plaza Italia. Alguien tiene que hacer algo, pensó, pero no se detuvo hasta llegar a su auto. Se sintió cansado, lamentó que los años y el tabaco y el alcohol ya le estuvieran pasando la cuenta. Subió al Escarabajo, encendió el motor y poco a poco su cabeza fue poblándose de imágenes más precisas, hasta verse dominada por la figura de Libertad, la muchacha que no era linda, agredida por esos matones, en peligro. Gómez condujo hecho un trompo hasta el lugar donde los había visto. Al llegar, vio a la niña en el suelo: uno de los hombres la inmovilizaba mientras el otro revisaba el canasto de los claveles. Gómez recordó la escena de unas horas atrás: la bicicleta, la niña, el frenazo, el susto de haberla atropellado. Eso debía hacer. Apretó el acelerador a fondo y se fue directo con el auto hacia los matones. Pero los hombres reaccionaron a tiempo. Pasaron frente a él raudos, un par de balas volando, y se internaron en el parque. De la nada salió detrás de ellos un tercer hombre. Un tipo bien vestido, torpe, que no vio el Escarabajo, que no vio nada, que solo cruzó la calle como un peatón. Desde la vereda, la niña gritó. Bruto, esta vez sí fue muy bruto. Pero el grito llegaba tarde. Había lanzado lejos al peatón; lo había hecho volar unos metros y aterrizar al otro lado de la calle.

Gómez sintió que el mundo se le venía abajo. Alcanzó a vislumbrar apenas a Libertad en su fuga por los laberintos nocturnos del parque. No supo si lo golpeaba más la huida de la niña o el tipo abatido ahí, junto a él. Por su mente desfiló ahora el boceto de un drama: su gloria y su caída en un mismo acto. Y repentinamente, como el eco de un apuntador de teatro, en sus pensamientos se coló la voz de Libertad: usted hace muchas preguntas, yo no ando contando mi vida a desconocidos. Él sacó la voz para reclamar: si me hubiera contado su vida, a lo mejor se habría ahorrado la humillación de esos matones; si usted hubiera confiado en mí, Libertad, yo la habría defendido. Podría haberla sermoneado el resto de la tarde o de la vida, pero la cordura que aún no perdía le hizo darse cuenta de la inutilidad de sus pensamientos. Era evidente que Libertad había huido y que él, Gómez, no debía afanarse en reivindicarla, en husmear los detalles espinosos de su vida, sino en atender al peatón que yacía en el suelo, atropellado por su Volkswagen escarabajo. En el pavimento, el hombre comenzaba a levantarse.

–¿Qué hace? –gritó mientras bajaba del auto. Se abalanzó sobre el peatón y le habló con arrebato, con la urgencia de padre precoz que hubiera usado frente a Libertad–: Usted, quieto, no se le ocurra moverse. Respire hondo, no se altere. Voy a llamar a una ambulancia.

El hombre lo miró desconcertado. Parecía un extraterrestre recién depositado en la Tierra.

–¿Qué pasó exactamente? ¿Me atropellaron?

–Lo atropellé, señor. Sí, fui yo. Pero voy a responder. No soy ningún cretino.

–Me siento bien –dijo el peatón–. Es sólo que no me acuerdo. Yo venía... –dudó, mientras se sacudía la ropa–. ¿De dónde venía yo? Ah, sí, venía del metro. ¿O iba al metro? ¿De dónde venía yo a esta hora? ¿Qué hora es, señor?

–Es mejor que no hable. Quédese ahí. Voy a llamar a una ambulancia. No demoro nada, en serio. ¿Usted tiene celular?

–¿Teléfono celular? –murmuró el peatón con extrañeza, como si le hubieran preguntado dónde cocinaban perros a la cacerola.

Estaban en eso cuando un taxista se estacionó junto a ellos y preguntó qué había pasado. Gómez balbuceó algo incomprensible. El taxista fue de una amabilidad pocas veces vista: desde su celular llamó a una ambulancia y bajó del auto para ayudar al peatón. Le tomó el pulso, observó en detalle sus globos oculares y le ayudó a recordar los hechos y a recomponer gradualmente en su cabeza el accidente. Gómez miraba la escena desde

afuera, ya no formaba parte de ella. Se había transforma-
do en un peatón cualquiera, en el peatón atropellado que
tenía enfrente, en alguien ajeno por completo a sí mismo
y a la responsabilidad de sus actos. Sintió que lo rozaba el
soplo de un miedo minúsculo, una especie de temor an-
cestral. Pero fue apenas un destello, porque de golpe una
imagen blanca lo llevó a perder la vista.

Ni siquiera el ruido de la sirena lo arrancó de ese estado. Cuando llegó la ambulancia, el taxista y el peatón
conversaban casi con normalidad, pero Gómez seguía lejos, en otro mundo. En algún minuto percibió que alguien
tomaba sus datos. David Nibaldo Gómez Sepúlveda, se
oyó decir. Y de pronto se le ocurrió que alguien comanda-
ba sus palabras; alguien que era y no era él: 8.109.157-3.
Las Amapolas 5320, Ñuñoa. Vendedor, treinta y cinco
años, soltero. Gómez quiso decir algo más, preguntar
por la niña, saber qué había pasado con la bicicleta enca-
denada en un poste, averiguar si los matones eran sus
cafiches o sus cómplices, si Libertad estaba en peligro
o le gustaba ese trato con los desconocidos. Pero apenas
alcanzó a pestañear y ya acomodaban al peatón en una
camilla para subirlo a la ambulancia. Desde su asiento, a
punto de partir, el taxista le habló con tono autoritario:

—¡Usted no se mueva de acá, señor! —le ordenó—. Los
carabineros van a llegar en cualquier minuto. Tiene que
declarar, usted…

Y las palabras del hombre fueron ahogadas por el sonido de la sirena perdiéndose hacia el oriente.

Otra vez estaba solo. No sabía qué hacer: si esperar

la llegada de los carabineros o huir él también, como el par de maleantes, como la ambulancia, como el taxista, como Libertad. Miró a su alrededor y divisó el canasto de claveles blancos, abandonado en mitad de la calle. Caminó con pasos tartamudos hasta las flores. Las recogió, se sentó en la vereda. Tuvo la sensación de que recuperaba la claridad. Sacó del doble fondo del canasto una de las ocho bolsitas selladas y la abrió. Por curiosidad. Vio cómo el polvo caía del envoltorio y acababa derramado sobre sus piernas. Siempre fue un poco torpe, ahora qué más daba. Se sacudió el pantalón con las manos y volvió a acomodarse en la vereda. Mientras la penumbra iba borrando las siluetas del parque, se echó a esperar, y entonces recordó con total nitidez a la muchacha que no era linda, que comía huevos, que podría ser su hija si él hubiera sido un padre precoz, que podría haber sido su amante, que lo había encandilado esa tarde.

Estuvo así varios minutos, véanlo ustedes: solitario, cabizbajo, pensando en la niña que había dejado escapar. Hasta que al oír el murmullo de una sirena acercándose como imantada por él hacia Plaza Italia, se llevó una flor a la nariz. Y sí, el vendedor tenía razón: estos claveles olían igual que todos los claveles.

AGUJAS DE RELOJ

Una madre es un retrato en el muro de una casa; un primer plano de familia feliz. Una madre es un reloj, dice un padre. No saben lo perniciosamente hermoso que es un padre. Hoy llevará a una hija al puerto. Será una Navidad distinta. Caminarán por el muelle hasta la plazuela Aduana y no les importará que la brisa enfríe sus huesos. A lo lejos verán el resplandor de los incendios y es probable que hasta el mismo fuego les cause risa. Cuando una hija le pida que cenen en un bar de marineros un padre le explicará que eso, un bar de marineros, ya no existe. Que un marinero ya no existe. Al principio sus palabras sonarán a mentira, pero luego una hija apagará todos los recelos y se entregará a embustes, chismes, macanas, cuentos porque sólo será una hija de un padre. Juntos caminarán por los laberintos del puerto. Se verán despreocupados, impuntuales, sin agujas de reloj. Habrá guirnaldas colgando del alumbrado y letreros que anunciarán una Pascua feliz para todos. Antes de medianoche entrarán a un bar de paredes verdes, cubiertas de hollín, y suelo de madera. Será una especie de galpón gigante. No habrá señales de marineros, pero la bruma se colará por la escotilla y traerá los ecos del último naufragio. Al fondo una hija distinguirá un pino con paquetes de regalo. Esto parecerá mentira. Sentados en la barra, frente al espejo empañado que forrará el muro de una esquina a otra, pedirán dos copas de champaña al cantinero. Estarán solos: eso y nada más será la felicidad. Un padre hará rodar entre sus dedos una bolita de pan, que luego arrojará hacia la mejilla izquierda de una hija desprevenida. Entonces una hija se acercará riendo y abrazará a un padre como se abraza a un amigo. O a un amante. Y brindarán por esa felicidad, por sus poros esa noche, por un chillido. Una hija tomará la primera copa de su vida, estará tan pero tan feliz. Estará emborrachándose. Querrá otra copa, pero ya no habrá cantinero ni bruma ni bares. Será sólo una copa, ensayará decirle a una madre, pero las agujas de reloj se clavarán en su boca. El olor del pavo con ciruelas lo invadirá todo: una hija sabrá que es casi medianoche. Una madre se impacientará y se le arrugarán los codos de tanto esperar a un padre perniciosamente hermoso. Una hija deseará ver a una madre enquistada en un retrato de familia feliz en vez de tenerla ahí, con sus carnes de carne y hueso. Será sólo una copa, rumiará muda, sólo champaña. Será apenas un brindis por la perniciosa hermosura.

Nadie nunca se acostumbra

Jani quiere pensar que la perra va a estar bien. Que si su padre lo dice, la *Daisy* va a estar bien. ¿Qué le va a pasar en unos días?, ha dicho el padre. La vecina le va a dar comida, la va a llevar a la plaza. Dile chao y ayúdame con las maletas. Y Jani se despide de la perra, dame la patita, y sube con su padre a la Citroneta. Por primera vez viajan juntos, solos. Es una madrugada de diciembre de 1975. Una telaraña azul, el cielo, cuando el padre y la hija enfilan por la Panamericana Norte hacia Los Andes y luego los Caracoles y el Cristo Redentor y San Luis y la pampa demasiado quieta y alguna bandada de pájaros de repente y bien al final Campana, el pueblo donde vivieron sus padres hasta que se trasladaron a Chile; ese lugar con olor a caucho donde hoy sigue viviendo la hermana menor de su madre, la tía Bettina. Y no sólo viviendo, sino trayendo al mundo a una criatura que es la primera y única prima de Jani, qué acontecimiento. Por eso viajan en diciembre el padre y la hija, apurados, una semana como mucho. Y también porque a la vuelta

Jani se irá con Milena, su madre, al sur. Solas al sur. Ah, pero su padre le ha pedido que por favor, hija, no la mencione en Campana.

Y Jani no menciona a su madre, pero la recuerda.

Recuerda, por ejemplo, lo último que le escuchó decir: Ya pues, tesorito. Eso fue hace tres semanas, si no se equivoca, cuando fueron a la heladería del centro. Jani se había hecho trencitas en el pelo; veintiocho trencitas amarradas en las puntas con hilos de pita porque a su mamá le gustaba tanto el peinado. Recuerda también que antes de pagar los helados su madre se acercó a un barbudo de la fila. Y aunque él no la reconoció, ella insistió en saludarlo. El hombre fue un poco grosero. Que cómo venía con ella, le gruñó, que si se llegaba a enterar Guillermo. ¿Cómo cresta vienes con la niña?, siguió alharaqueando. Estás loca, Milena. Pero su mamá no estaba loca, no que ella supiera. Por lo demás, el padre no tenía cómo enterarse. El loco eres tú, atinó a responder Milena muy tranquila mientras volvía a su puesto con Jani en la fila. Después tomó a la niña del brazo y se fueron para siempre de la heladería. Al rato ya estaban despidiéndose. Jani recuerda muy bien el filo puntiagudo de la nariz de su madre en la puerta de la casa que desde hace unas semanas había dejado de ser su casa y ahora era sólo la casa de su padre. ¿Cuándo te quedas a dormir?, preguntó la niña. Ya pues, tesorito.

* * *

Demasiadas horas adentro de la Citroneta blanca con sánguches de queso y salame, agua en una cantimplora y unas ventanas chicas pero suficientes para ver cómo las nubes se ponen gordas y arenosas mientras se alejan de Chile. El padre ha acomodado varios cojines en el suelo del asiento trasero para armar una especie de cama matrimonial, y ahí va Jani. Imagina que va de luna de miel. Pero, ¿con quién? Picotea galletas, tararea canciones de la radio y cuenta perros. Lleva seis meses contándolos. Desde que Milena llegó con la cachorrita y preguntó cuántos perros así, blanquinegros, había visto en su vida. Jani le preguntó si se iba a quedar a dormir, y la mujer dijo te apuesto a que no has visto otro perrito así. ¿Cómo le vamos a poner? Y compraron una medalla de bronce donde tallaron el nombre, *Daisy*, con letra manuscrita y terminaciones afiruladas. En ese preciso minuto Jani decidió que los iba a contar. Ahora lleva cuatrocientos cuarenta y dos perros si considera también al pastor alemán de los uniformados en la frontera, que detienen el auto con silbidos marciales y exigen documentos y rastrean y rastrean sin encontrar lo que buscan. El perro muestra colmillos radiantes, dentadura de lujo, pero a los uniformados no les queda otra que dejarlos ir. El pastor alemán sigue exhibiendo sus encías rosadas, como si estuviera contratado para promocionar pastas dentales, hasta que se funde con el paisaje.

* * *

Al día siguiente, cuando entran a Buenos Aires, paran en un supermercado a comprar mercadería para el paseo que harán con la tía Bettina y la primita a Mar del Plata. Dulce de leche, galletas, arroz, café, té, latas de esto y lo otro, verduras, un pollo. Cuando salen del supermercado Jani divisa tres perros a la entrada y dos en la vereda de enfrente. Cuatrocientos cincuenta y ocho. El padre le pide que lo acompañe a hablar por teléfono. En la cabina introduce una moneda y dice hola, ya estamos en Buenos Aires. Y dice que sí, que no, que sí. Después corta. Suben al auto, parten. Toman el camino hacia el interior. Cuatrocientos cincuenta y nueve, cuatrocientos sesenta, sesenta, sesenta. Cada vez hay menos perros. En la bifurcación hacia Campana los animales ya no se ven. A Jani se le ocurre que la raza canina ha sido exterminada de esta región.

* * *

La última vez que estuvo en Campana fue hace seis años, cuando vinieron con Milena. Mucho antes del conteo de perros. Bettina recién había enviudado del tío Agustín y en la casa se respiraba un luto que a ratos parecía más alivio que tristeza. En esa época todo el mundo hablaba de la llegada del hombre a la Luna, recuerda vagamente Jani. Pero estas calles ahora no le suenan. Su padre volvió un par de veces después, solo. Había que apoyar a la tía Bettina, decía. Milena, en cambio, juraba que su hermana menor tenía herramientas de sobra para apañárselas con el luto. *Apañárselas,* esa palabra usaba con frecuencia su madre. Jani piensa que su padre conoce la respiración del pueblo. Después de un largo rodeo por callecitas torcidas, estaciona la Citroneta frente a un naranjo. La tía Bettina los observa desde la reja con gesto ansioso, como si estuviera presa y recibiera por fin la visita de los únicos parientes autorizados. La niña mira las frutas (más verdes que naranjas) que han caído del árbol al suelo y se han reventado.

Bettina sale de su encierro.

El padre baja de la Citroneta.

Jani tiene la sensación de haber actuado esta escena antes, pero no alcanza a captar el cuadro completo porque de golpe la mirada de la tía Bettina es una daga que viene a cuartearla. Impresionante lo que ha crecido la nena, dice. Que está hecha una señorita, dice, *toda* una señorita. Que qué edad tiene ya. Jani tiene doce años ya, pero aparenta catorce o quince. Se hace trencitas y se las deshace una vez a la semana para que el pelo le quede vaporoso. Le gusta representar más años. Ahora lleva el pelo suelto, vaporosísimo.

–Doce.

–Parece que tuviera veinte –le habla al cuñado, como si Jani fuera un amuleto y ellos la miraran esperanzados.

–Milena mandó saludos –miente Jani.

El padre la mira con cara de me has traicionado. La tía Bettina no contesta. Pero la frase de la niña no es una pregunta, de manera que nadie tiene por qué contestar. Bettina se calza el papel de anfitriona y siéntanse como en su casa, queridos, en el baño dejé dos toallas, acomódense mientras preparo el mate y las facturas antes de que despierte la bebita.

* * *

La bebita.

* * *

Jani sale a caminar. Piensa que no va a poder seguir con la cuenta, que todo se acabó. Tres cuadras y ni un mísero perro. Regresa por la otra vereda, pero nada. Entra a la casa por la puerta trasera. Su padre y la tía Bettina siguen con el mate en el comedor. Jani se muere de sueño, pero no va a bajar la guardia. No va a imitar a la otra, que duerme a pata suelta. Desde el pasillo escucha unos sonidos que quizás sean carraspeos. ¿O son estornudos? Jani se acerca. Ni carraspeos ni estornudos, sino risitas entrecortadas de la tía Bettina que ahora dice: bah, Guille, pero en una de esas... Y no termina de hablar porque Jani ha entrado al comedor, se ha sentado sobre las piernas de su padre y, mientras ceba un mate amarguísimo, alega por la falta de perros. Sí que hay perros, la contradice Bettina. Lo que pasa es que duermen siesta como todo el mundo.

* * *

Donde dice todo el mundo debe decir la bebita.

* * *

Resulta ser una guagua como cualquiera: una guagua roja, arrugada, tan poca cosa todavía. Lo que sí tiene es pelo. Unas pelusas negras y gruesas, sembradas en un casco rollizo. La criatura asoma sus encías minúsculas en algo ambiguo, que no alcanza a ser una sonrisa. Hola, nenita, saluda el padre. Habla como tarado, piensa Jani mientras sorbe el mate con fuerza. No escucha o hace como que no escucha las palabras taradas que emite: Soy Guillermito, ¿te acordás de mí? Tampoco escucha la reacción de Bettina: Qué sonso que sos. Jani sólo escucha la risa que viene a continuación y el estallido de un llanto terrorífico.

La expresión de la tía calmando a la bebita le trae una visión de su madre. De Milena en Campana calmándola a ella de una pataleta. Jani era muy chica entonces y todos hablaban del hombre en la Luna y los trajes galácticos, pero también hablaban en sordina de otros asuntos que Jani entonces no captaba, ah, qué podía captar ella de la bronca familiar. Bettina interrumpe de golpe el ensimismamiento de Jani para pedirle que salude a la nena. Jani descubre que la nariz de la criatura (que ya no llora) es idéntica, pero idéntica, a la de su madre. A la de Milena, que a fin de cuentas es la tía de la bebita, ¿cómo su padre no lo ha advertido? Entonces encamina su mano hacia las hilachas negras-gruesas-puntudas de la guagua y acaricia esa cabeza minúscula con el dorso de la mano, como si barriera el polvo de la superficie craneana.

* * *

No llevan ni cuatro horas en Campana y el tiempo no avanza. Partirán a Mar del Plata en dos días, pero a Jani le parece una vida entera. No hay televisor ni teléfono, y la radio se ve demasiado polvorienta como para ir y encenderla. Y lo peor: todavía no encuentra perros. Tendría que ir a rastrearlos en algún peladero, llamar a alguien para que la ayude. ¿Llamar a quién? ¿Hacer qué? Hasta que se le ocurre trepar al naranjo que da naranjas amargas, terribles de amargas, por qué se llamarán naranjas estas porquerías verdes, piensa Jani ya arriba del árbol. Ahora que nadie la ve suelta la cabeza y piensa en su madre, mucho más allá de la copa de los árboles. Piensa en la nariz de su madre y luego en la pampa, en los caracoles, en las curvas de regreso: cuenta perros argentinochilenos, ciento ochenta, ciento setenta y nueve, cien, cuarenta y ocho, los documentos, la revisión en la aduana, el aire de cuchillo, treinta y al fondo otra vez la nariz de su madre. Pero no se puede hablar de ella, no se puede.

* * *

En el sueño de esa noche, Milena es una muñeca que dobla las articulaciones y suena. *Crac.* Rodillas y codos, *crac.* Mejor la endereza y la deja derechita, con los pies y los brazos en punta. Despierta en la madrugada: la guagua llora entrecortada, escandalosamente. El berreo dura varios minutos y es reemplazado luego por voces en el pasillo. Jani se levanta y los ve: dos figuras recortadas, su padre y la tía Bettina.

* * *

Piensa que la pierde. Granito detrás de granito, pierde a su madre.

* * *

En el sueño de esa madrugada, su madre es la perra. Su padre abre el portón para entrar la Citroneta y *Daisy* sale disparada hacia la calle. El ruido de los helicópteros parece raspar el cielo. Su padre le silba para que vuelva. *Daisy, Daisy*, venga. Pero los helicópteros tapan los silbidos. Su madre ya está en la otra cuadra, escarbando la tierra de otro jardín.

* * *

Jani despierta al mediodía con el ruido de la aspiradora. Se mira al espejo, quiere hacerse trencitas, se arrepiente. Tiene el pelo como una mota de algodón. Si su madre la viera. La tía Bettina baila con el aparato eléctrico allá afuera. El tubo en la mano derecha como la prolongación de una trompa. Jani le pide con señas que apague la máquina. La tía obedece y se cuadra con la misma sonrisa del día anterior. El padre ha salido a hacer trámites; la bebé duerme, vive la vida de los holgazanes. ¿Hay alguna heladería por acá?, pregunta Jani. Golosita, ¿ah?, responde risueña la tía. En la avenida Sarmiento, a un costado de la plaza, justo al frente… Jani deja a la mujer hablando sola con la aspiradora en la mano y se acerca a la cunita para comprobar que sigue ahí esa nariz tan demasiado idéntica, cómo su padre no lo advierte, a la nariz de su madre.

* * *

Seis años atrás las calles de Campana estaban adornadas con guirnaldas de Navidad, igual que ahora, pero entonces Jani no las miraba con esta atención, no contaba perros. Por fin: cuatrocientos sesenta y tres. Tampoco pensaba en su madre ni en la *Daisy* porque la *Daisy* no existía y su madre estaba ahí; para qué iba a pensar en ella. Pero esta heladería es más cerrada, tiene muchísimo menos aire que la del centro de Santiago. Y acá no hay filas de gente ni barbones que te hagan la desconocida y luego te insulten. En vez de un helado, compra pastillas de anís. Miren que llamarla golosa. Peor, golosita. La calle apesta a caucho. El mismo olor, recién ahora lo recuerda, que tenía el tío Agustín. Jani apenas lo conoció, pero recuerda esa piel purulenta, atacada por el acné. Agustín era uno de los funcionarios más antiguos en la fábrica de plásticos de Campana. Hacía el turno de noche: entraba a las diez y salía a las cinco de la madrugaba. Después llegaba con ese olor a caucho y dormía hasta el mediodía. Hasta que una noche el corazón no le latió más. Una muerte serena, informó la tía Bettina.

* * *

Por más que los busca no aparecen. Al salir de la casa ha visto un cachorro sarnoso acurrucado a los pies del naranjo. Luego dos perros en tres cuadras, una miseria para el registro frecuente. Piensa en la *Daisy* recostada en el patio, con las hormigas y el polvo, guardándose los ladridos para cuando la vecina atine a escucharla. Se imagina que durante el viaje a Mar del Plata la prima afilará su llanto fiero para boicotear el conteo de perros. ¿Cómo no lo previó? Esta noche sin falta hablará con su padre. Le dirá que ella no viaja a ninguna playa, que regresa a Chile ahora mismo. Pero en ese instante los ve. Están ubicados en sus puestos, en el sitio baldío que hay detrás de la casa, a pocos metros de la pandereta divisoria. Desde la vereda contraria los puede observar con toda claridad. Son siete quiltros tipo pastores alemanes con los pelos engrifados, que persiguen a una gallina y se comunican en un idioma propio. Jadean como si acabaran de pasar un test de esfuerzo. Gruñidos y cacareos en un coro desafinado. Las plumas se les pegan en los hocicos. Y de repente silencio. Todos los hocicos concentrados en la misma faena. Como si tuvieran culpa de lo que todavía no acaban de consumar y ya celebraran con el relamido de las lenguas que limpian sus hocicos. Jani decide no contarlos: esas son bestias, no perros.

* * *

Bettina faenando un pollo, mudando a la guagua, puro empeño.

Guillermo sacando cuentas alegres.

Jani tejiendo trencitas: Cómo se lo digo, cómo se lo digo.

* * *

Se lo va a decir cuando el padre se acerca y le acaricia la cabeza con un gesto que no es cariño y Jani no alcanza a pedirle por favorcito que no abra la boca que empaquen y vuelvan a Chile que ella se va sola a Chile si él no quiere que no le simpatiza la guagua no le simpatiza la tía por favorcito que la dejen irse donde su madre hablar de su madre despedirse de la *Daisy* incluirla en la lista para viajar al sur con las cuentas claras por fin con su madre. Se lo va a decir, pero el padre abre la boca y dice tenemos que hablar. Hay cosas que ya deberías saber, Ja. En la playa vamos a hablar. Jani sospecha que el hombre urde algo. Cada vez que miente la llama Ja. El helado de pistacho es muy rico, Ja. Hoy día cualquiera pisa la Luna, Ja. Te vas a acostumbrar, Ja. Y el pistacho es asqueroso y la Luna es una bola distante y nadie nunca se acostumbra.

* * *

Últimos granitos, piensa.

* * *

En el sueño de esa noche, la perra ladra a los helicópteros y en la cocina una fila de hormigas marcha por el borde de una muralla. Jani las va aplastando una a una con su dedo índice mientras murmura "Toque de queda, toque de queda". El dedo le va quedando negro.

* * *

Hay un calor pesado esa mañana en Campana. Y de repente, como barrida por la tierra, una brisa tibia. El padre sale a hacer los últimos trámites al centro. Lleva la Citroneta para que le revisen el agua, el aceite, los neumáticos. A eso del mediodía emplumarán hacia la costa. Jani se sube al naranjo dispuesta a perder ahí las horas que restan. ¿Y si los dejara de contar de una vez? Cuatrocientos setenta y siete, habría que corregir, porque el anterior fue un perro dormido. ¿Los que duermen cuentan? Un perro que sueña que es un hombre y despierta aullando debajo de un árbol. Un perro como cualquiera de estos siete que ahora vuelven a aparecer en patota y van con su caminar rumbero buscando restos de basura o quizá qué. A los de ayer se suma el quiltro de la esquina y uno de color hueso, enorme, y otro y otro.

Jani no lo puede creer. Retoma el conteo con entusiasmo, casi con furor. Cuatrocientos setenta y ocho, cuatrocientos setenta y nueve, cuatrocientos ochenta. Le da un poco de miedo, pero desde la copa del árbol no pasa nada, los perros no trepan. Puede que sueñen que son hombres pero de ahí a trepar. Ahora están todos debajo del naranjo, coordinando las acciones en su idioma de quiltros, buscando otra gallina, quizá qué andan persiguiendo, qué soñaron anoche. Se distribuyen por los alrededores del árbol listos para el operativo y la miran fijamente hacia arriba, le ladran: ella debe ser la presa. Jani piensa en tirarles naranjas, pero eso quizás avivaría más la cueca. Habría que llamar a alguien. Su papá en las diligencias, Bettina en lo suyo, la guagua en el llanto, su mamá tan lejos. ¡Ayuda!, grita. Los perros muestran los colmillos, tan recién afilados, cada vez más fieras. Quizá la ven como un hombrecito en la Luna arriba del naranjo y por eso tanto escándalo. ¡Ayuda! Y ve que la tía Bettina sale a espantarlos con una escoba, ¡fuera perros mugrientos!, con su palito de escoba que da risa. ¿Por qué no trajo el tubo de la aspiradora? Cuatrocientos noventa, cuatrocientos noventa y dos. No va a llegar a quinientos. No puede hacer nada desde su órbita. Los perros con los hocicos llenos de pajitas de escoba. Los lomos de erizo, enteramente carniceros. Esta no es Bettina, piensa, no es la madre de la guagua, no es la nariz de su madre, no son perros ni son ladridos ni es boca la que saca gritos de auxilio, la que aúlla, la que ya no tiene gritos, la boca de la tía Bettina; no soy yo arriba del naranjo, papá, no sé cómo las bestias se le vinieron encima, te juro que no fui yo, no fui yo.

* * *

Mientras espanta a la jauría, con la Citroneta aún en marcha, el padre le suplica que consiga una ambulancia, que corra a buscar a alguien, a los vecinos, que cuide a la guagua allá adentro, por favor, que cuide a su hermanita.

* * *

Jani baja del árbol, camina tres pasos y obedece al pie de la letra las indicaciones del hombre. Mecánicamente lo hace, apenas respirando. Porque las dos últimas palabras emitidas por el padre —*tu hermanita*— y los perros relamiéndose y la mujer toda mordida y enterarse así, Ja, de las cosas que ya deberías saber, la liquidan.

* * *

A esta hora la Citroneta figura como un dibujo. Estacionada afuera del hospital Municipal de Campana, sola, cargada con sánguches de queso, milanesas de pollo y frutas que ya nadie va a comer. Con las maletas, los canastos, las bolsas y las mantas en el suelo que nadie va a usar. Y ellos sentados en un banco de la sala de espera con el cochecito a un lado. Durmiendo, como si nada, la bebita. El aroma de las flores que descansan dentro de un jarrón hace más respirable el aire. Jani imagina que en un par de días asomarán incontables brotes silvestres que se dejarán respirar por las narices de una madre y una hija enfilando hacia un sur desconocido para ambas. Habrá controles en la carretera y perros con dentaduras aceradas que intentarán reponer las primeras visiones, las más bravías de esta mañana, pero habrá tantas palabras por traer a cuento con Milena que Jani se olvidará de los perros, de la tía, de la hermanita, hasta de su viaje de vuelta a Chile sola mientras el padre vela por Bettina en Campana, se olvidará Jani. Borrará la pampa, San Luis, el Cristo Redentor, los Caracoles, la Panamericana Norte. Borrará la entrada del hospital donde ahora mismo descansa un perro blanquinegro parecido a la *Daisy* que Jani ya no cuenta. Borrará incluso el sol que ahora se cuela disparejo por la única ventana de la sala y produce esta sequedad en la garganta.

Un desierto amargo que desemboca en las cuerdas vocales.

La hija busca las pastillas de anís que compró en la heladería y ofrece al padre la bolsita abierta. ¿Quieres un dulce? Bueno, responde el hombre en voz baja, un hilo de voz, como si en realidad hubiera dicho estamos perdidos. Y mira hacia arriba con las manos empalmadas, como en una oración. Jani piensa que si su padre lo dice, ay, si su padre se atreve ahora a repetirlo. Pero su padre no alcanza a sacar ninguna palabra porque en ese instante llega un enfermero con bigotes, que a Jani le recuerda vagamente al barbudo de su madre, y les pide que pasen.

Que pueden entrar con la bebita, les advierte, que Guillermina también puede entrar con ellos. Y les da la pasada y los mira con cara de cirujano, sin expresión, y está a punto de decir algo que al final no dice.

CIELO RASO

I

Es bonita la niña. Aunque bonita en realidad no es la palabra. Y tampoco es una niña, en rigor. Practica natación en una piscina municipal. Le gusta el rojo cobrizo de las tardes de invierno, el cielo raso. Usa un sombrerito de bambú.

Llega cada tarde a la casa de la instructora de piano con un cojín y el pelo húmedo bajo el sombrerito. Se sienta en el taburete con el cojín. La mujer le da lecciones, hace su trabajo. *Do-re-mi-fa-sol-la-si*. Se gana la vida en esto. ¿Te sabes *La novicia rebelde?* Cómo no se la va a saber: *do-re-mi-do-mi-do-mi*.

Primero se sienta en el taburete y luego en sus piernas. En las piernas de la mujer que ahora la llama "cachorrita". A la niña le gusta que la llamen así. Ella, a cambio, le dice "preciosa" a la maestra. Son varios meses: del taburete a las piernas, de las piernas al sofá. Con el pelo todavía húmedo por la piscina. A la mujer le da vértigo; un vértigo que sin embargo la mantiene equilibrada.

Hasta que una tarde la niña llega pasada a vino. La profesora la espía desde el balcón como una perra, salivando. Se tambalea la cachorrita. La ve salir del almacén con una bolsa plástica en la mano. Sube la escalera, puede escuchar sus pasos desde este lado de la puerta. Trae olor a vino hasta en la cabeza. Pelo vinagre, sombrerito manchado.

Tengo sueño, dice la niña con voz seráfica. Y emite un oh que es el ensayo de un bostezo. Y la mujer ahí, de pie, mirando la escena a punto de ladrar. Mareada. Pensando: Tu sueño, mi vértigo, todo tu sueño duerme en mi vértigo.

¿Con quién estuviste?, se atreve a lanzar. Me da no sé qué contarte, responde la cachorra. Y saca una risita débil. Cuéntame, cuéntame, la incita la maestra con una voz que no es suya. No me acuerdo de todo, se vuelve a reír la niña. Pero al rato se acuerda. Su voz es una guillotina escondida en su garganta.

Pucha, dice la niña cuando termina el relato de su tarde con la instructora de natación. ¿Te enojaste? Y la mujer responde bah, cómo se te ocurre. Pero al minuto se le ocurre. Esta es la última clase, anuncia. ¿Me estás echando?, pregunta la cachorra. Estoy diciendo lo que estoy diciendo, gruñe la otra. Después viene un diálogo equívoco. ¿Te vas a llevar el cojín?, pregunta. No, cómo te lo voy a quitar. Pero si es tuyo, insiste la mujer. Quiere decir: pendeja culiá. Pero dice: es tuyo el cojín.

No fue nada, preciosa, suspira la niña.

¿Preciosa quién? ¿Preciosa la nada? La mujer quiere preguntar, pero mejor se calla. La nada duerme en mi vértigo, piensa. Y piensa en el cielo raso del invierno. Y en el cojín y en la preciosa nada. Y en la nada, preciosa. Y en la piscina municipal y en las pepas del vino y en las mujeres buceando en un mar sanguíneo y en todo lo que se cuela por sus adentros ya rajados.

Te lo regalo, dice la niña. Se refiere al cojín. Y se lo entrega. ¿Me estás diciendo que no quieres nada de mí?, se escucha hablar la mujer con afectación. Se miran fijo; ojos empañados. Tengo sueño, dice la muchacha en voz baja. Mejor me voy.

Do-re-mi-do-mi-do-mi. La cabeza zarandeada. *Do-re-mi-do-mi-do-mi.* La cabeza llena de ruidos. La mujer la frena en seco: llévatelo, le pide, ya no me sirve. La aprendiz de piano y de natación ahora obedece sin cambiar la cara y abandona el departamento con el cojín en la mano y esa mueca de levedad.

La mujer, con la cabeza al fin vaciada, sale al balcón. Sigue al sombrerito de bambú que se aleja por la vereda. Después levanta la vista. El rojo cobrizo esa tarde de invierno. Las nubes corpulentas que vagan allá arriba. Parecen siluetas de algo gordo. Se siente tan pequeña, tan poca cosa. Aunque pequeña en realidad no es la palabra.

II

Sales del almacén con la bolsa colgando de tu mano izquierda, te sientas en la cuneta, abres la bolsa, lo sacas, abres la tapa, llevas la boca al pote, lames la parte café, después la amarilla, después la rosada, no piensas en cucharitas, jadeas, te tiemblan las manos, sigues lamiendo, llega la instructora a tu cabeza, tan nítida la cara de la mujer bajo el agua y ahora emergiendo a la superficie y llevándote a su ángulo, llevando tu pelo húmedo, tu cuerpo liviano, tus manos hacia el inicio de algo remoto, solas y a flote, todos los ruidos de la ciudad desconectados o conectados en alguna otra órbita, los pianos sin dientes, el mundo una superficie acuosa mientras ella te absorbe y tú no tienes voz ni aire en los pulmones ni ganas de alejarte del cuerpo flotante que te ahoga te rompe te chupa te suelta y se aleja dando brazadas hasta la escalerita de salida y te pide que la esperes un segundo —un segundito, niña— y busca una toalla azul y te la entrega desde el borde de la piscina y te da la mano para que salgas del agua y mira hacia el cielo y frunce la boca y te dice gracias, muchas gracias, y te despacha y abres los ojos y el helado ya se ha derretido y llevas la lengua al fondo de la caja, lames la parte rosada, la amarilla, la café y sin darte cuenta ensucias tu vestido con el dibujo de un continente lejano. Una mancha anterior a la civilización. Y te limpias con la bolsa, te ensucias, miras la caja vacía y crees ver a la instructora, tan clarita su cara frente al piano y tú sentada en el taburete, en sus piernas, en el sofá y ahora de pie, con el sombrerito de bambú torcido y el cojín en la mano y ganas de que la Tierra sea de agua y nadar hacia afuera, siempre hacia afuera, y entonces dejas la caja en el suelo y, con la tarde aún pegajosa en la boca, te zambulles y te dejas llevar.

III

Le habían dicho que era un silencio anaranjado y estridente; que desaparecían las distancias y los contornos. Llegó con poquita ropa y un sombrero de bambú. Le habían dicho que no iba a necesitar taparse el sol, pero ella no hizo caso. Los recuerdos no la dejaban pensar. A decir verdad, nunca logró salir de los recuerdos. Se fue con el pecho trizado y llegó con la cabeza cubierta por el sombrerito de bambú. Con esa cara larga y pálida que tenía, se puso a esperar. Le dieron un helado de naranja para aguantar el sofoco. Un barquillo bien desabrido. Para que se vaya acostumbrando, le dijeron. Para que el cambio no sea tan brusco y se quite ese calor de encima, querían decir. Aquí todavía quedaban helados. Después ya no habría nada. Nada, pero nada de nada —eso no se lo dijeron así para no inquietarla; se notaba a la legua que era hipocondríaca.

Que se le quedara pegada en la lengua. Eso temía ahora: que se le quedara la cucharita del helado de naranja pegada en la lengua en este lugar tan estático. Y también le daba una risa nerviosa. Que no se la pudiera sacar más de la boca. Que la lengua se mezclara con el metal de la cucharita y nadie la socorriera —que ninguna instructora la socorriera— y se quedara sola y con el cubierto pegado ahí, en la lengua, para toda la vida. ¿Para toda la vida?, le respondieron como con burla. La cucharita es de plástico; no se le va a pegar en ninguna lengua, niña.

Entonces se comió el helado de una buena vez y se le pasaron todas las impresiones previas y los sofocos, y sintió que era muy amargo a pesar de lo desabrido, y se sentó en el taburete y se empezó a acostumbrar sin querer. Y se comió la cucharita también, total aquí ya no importaba. Ya no habría digestión, le dijeron. Ya no habría apetito ni sol de invierno ni cielo raso ni recuerdos. Sobre todo no habría recuerdos. Ya era hora de que entrara a despedirse, le dijeron. Sentía la garganta muy helada por la cucharita que quizás no era de plástico, pensó en un último y fugaz cálculo. Entre a despedirse, repitieron. Era una voz aguda la que le hablaba. Un coro, más que una voz, que se colaba por el agua o por las ranuras de alguna escotilla que no podía ver. Camine derechito, sáquese la ropa, le ordenaron.

Y fue lo que hizo. Se despidió del sombrero de bambú y caminó derecho, con pasos lentos, no fuera a ser cosa que el pecho diera de golpe su estallido. Si se hubiera visto en un espejo le habría parecido que esa expresión apagada y ese cuerpo huesudo ya no eran suyos. Tenía un brillo improbable cristalizado en los ojos. Bajó diez escalones que podían ser veinte o mil quinientos. Notó que no había distancias ni contornos. Antes de alcanzar el penúltimo escalón, miró hacia atrás o hacia arriba. Se sumergió. Escuchó un ruido que no conocía; un ruido sin notas, sin melodía. Un sonido metálico. Quiso decir algo, pero le dio miedo que el ruido se le quedara pegado en la garganta. O peor, que ella se transformara en el ruido. Lo que le dio más miedo, la verdad de las cosas, fue estar entrando en ese silencio sanguíneo del que le habían hablado y que ahora mismo le cerraba la cabeza.

CUADRAR LAS COSAS

La mujer de la casa circular no quiere construir un hijo. Dice, la mujer, que a ella no le hacen falta brotes ni florestas ni nada que despunte de ninguna semilla. Nadie se explica entonces por qué una mañana termina renunciando a todo, a la hora de onces, a coleccionar boletos de micro para una silla de ruedas que alguien puede necesitar, a plegar en origami las bolsitas de la verdulería del ruso, a su adorado silencio mientras contempla la colina en llamas —su único afán sustantivo, en realidad—, y decide construir un hijo.

No es una operación normal. La mujer se saca la cabeza y extrae de su interior sesudo aquel bebé que le atrapa las ideas. Algunos especularán más tarde, años más tarde, que la decisión fue tomada precisamente para desatrancar ciertos pensamientos, pero eso nunca llegará a comprobarse. El asunto es que, al salir a la superficie, la criatura llora: es, claro está, un bebé normal. Pero cuando la mujer intenta reubicar la cabeza en su posición original descubre que la medida del cuello ya no le calza. No puede ponerse la cabeza y, para colmo, tiene a este crío que llora y reclama su atención y vuela en carcajadas por la impericia de su madre durante las horas siguientes.

La mujer toma su cabeza con la mano izquierda y al crío con la derecha, y sale de la casa circular a pedir ayuda. En la calle, como es habitual, huele a humo: el pueblo entero parece consumirse en las llamas estivales. Los vecinos se sobrecogen con la situación de la madre súbita decapitada, y hacen esfuerzos humanos e inhumanos por volver a poner la cabeza en su sitio. El quiosquero propone enroscar las venas igual que si fueran tornillos; la instructora de natación, presionar las extremidades con fuerza. Como si el viento o el fuego empotraran de golpe una puerta, ejemplifica. Todos meten mano; cada uno quiere probar su técnica. El ruso de la verdulería incluso pasa a llevar un trocito de masa encefálica en su afán por cuadrar las cosas. Disculpe, dice muy avergonzado, mientras arroja la masita al suelo. La mujer aguanta el llanto. Y si lo hace es sólo porque ahora está frente al mismísimo cardenal, quien ha acudido con su alicate y su pinza personales y, qué barbaridad, enrojece y ya casi se pone morado de tanto esfuerzo que hace el pobre religioso.

Todo es inútil. Alguien decide descansar unos minutos para cranear nuevas estrategias y la gente comienza a sentarse en la cuneta, frente a la iglesia parroquial, alrededor de la cabeza de la mujer. Ella (su cuerpo, digamos) prefiere quedarse de pie. Pero el crío, que hasta ese momento no ha podido detener unas carcajadas de hiena, de golpe frena su arrebato y saca la voz. Tengo que regresar al cerebro de mi mami, dice. Tienen que volver a ubicarme en mi colchita, ordena a la muchedumbre. Los vecinos se levantan de inmediato. La mujer les señala con gesto imperioso la cabeza que descansa en la cuneta. La instructora de natación la recoge con la misma delicadeza que aplicaría en una rutina de nado sincronizado y pide al bebé que cante las instrucciones para ser reubicado en el cerebro de su madre. En una jerigonza extrañamente comprensible para los habitantes, el crío explica la técnica al vecindario: primero deben hacer un espacio en la cabeza materna, despejar el área con movimientos circulares. Así, dice, y dibuja infinitos círculos con su dedo índice en el aire. Luego deben introducir el cuerpo (mi cuerpito, subraya el crío) lentamente, cuidando que no quede ningún pedazo fuera de campo. Sólo una vez que la cabeza de la mujer esté rellena con el proyecto de niño en su estado original será posible plegarla en el cuello y cerrar la tapa de una vez.

Los vecinos enmudecen, el cardenal abandona con disimulo el escenario del embrollo y entonces los hombres proceden: entre varios agarran a la criatura gelatinosa y comienzan a introducirla en el cráneo materno con meticulosidad de cirujano. La operación es un éxito. Ahora sí la cabeza rellena de la mujer se acopla sin problemas en su cuello. Una vecina, que sabe bien lo que es construir y destruir un hijo (una tarde calurosa olvidó a su bebé dormido en el asiento de su automóvil estacionado, y al volver lo encontró seco como una pasa), le ofrece un costurero. Por si acaso, dice, para no perder más la cabeza. La mujer, estéril nuevamente, acepta el ofrecimiento y le parece ver en los ojos de la vecina las sombras del crío asfixiado una tarde calurosa en su automóvil. La muchedumbre se aleja poco a poco, como si el telón fuera cayendo en forma diferida. Mientras la mujer cierra su cabeza con hilo blanco bien grueso, observa todas esas espaldas apartándose y vuelve a pensar.

Lo que piensa, en realidad, no es nada del otro mundo. Pero, dado que la costura le va quedando un poco tirante, las ideas se le confunden y al final no sabe si lo que piensa ya lo pensó o lo va a pensar dentro de diez días. Cuando da el punto final al zurcido, agradece la cooperación del vecindario (en realidad sólo da las gracias a la vecina del hijo asfixiado, la única que ha permanecido junto a ella), regresa a la casa circular por la misma ruta nublada de humo, recoge cuatro boletos de micro en el camino y se echa a dormir la siesta con las ventanas cerradas. Lo que sueña esa tarde es sencillo: su cráneo se hincha y se hincha hasta construir un perro de color barquillo, un perro sin cola. Pero es un sueño, nada más. La mujer duerme ahora tan infecunda como uno de esos cardenales perdidos en las colinas.

NATURALEZAS MUERTAS

> Una lengua de fuego desplumada de fuego.
>
> ALONSO SALVATIERRA

Milagroso. A Canossa le parecerá milagroso que el resplandor de esa especie de cuchillo que lo ha amenazado por años, Calmosedán tras Ravotril, Adormix tras Zopiclona, se convierta así, de un día para otro, en un cuerpo fosforescente. Que casi estalle de tanta luz. Pero aunque no lo admita hasta que pasen los créditos, el milagro —si es que milagro— tendrá que ver con una mujer. Con *esa* mujer. Se podrá decir entonces que Canossa viajará a Retiro desde la capital como van y vienen ciertos hombres dóciles: consintiendo a una mujer. Desde la misma tarde en que bajen del tren, animados como un par de perros nuevos, brotarán las murmuraciones en Retiro.

Pero eso vendrá después.

Ahora, esta noche húmeda en la capital, el hombre está de pie en la boletería de un cine, a punto de conocer a la persona que extirpará, milagrosamente o no, los aguijones de su cabeza. Él a este lado de la ventanilla; ella, al otro, cortando boletos, indicando la sala, buenas tardes, su vuelto, aquí tiene. Bastará esta escena para encender la mecha.

* * *

Una mujer que corta un boleto.

* * *

Debe andar por los veinticinco o veintiséis años, calcula Canossa, pero sus ojos, ese par de semillas lustradas que tiene por ojos, son los de una mocosa: brillantes, cargados de buena fe. No es linda como maniquí, no se crean. Su encanto se desprende más bien de esa especie de flacura adolescente. De las orejas minúsculas y casi obscenamente rosadas. O incluso de las prematuras canas entretejidas en una mata de pelo azabache.

—Una entrada —pide el hombre aturdido.

—¿Para cuál? —la escucha decir. Una voz de pichona: el colmo.

Hay tres películas en cartelera: *El idiota, Los lobos no lloran* y *Un lugar llamado Milagro*.

—Para… —y Canossa no puede evitar decir lo que dice a continuación—. Para conocerla un poquito que sea.

La mujer, que en verdad no es tonta ni pichona, que no ha nacido ayer y conoce muy bien los lugares comunes, se acomoda el pelo detrás de las orejas y responde:

–Discúlpeme, tiene que elegir una película.

–Entonces elija usted por mí –se atreve a decir, y en silencio ruega que la mujer no lo humille con *El idiota*. Pero después de un silencio que dura menos de lo presupuestado, ella dictamina:

–*Los lobos no lloran*.

Existo, piensa el hombre con alivio, listo para ver lo que a la muchacha se le antoje. Monos animados, documentales de flora y fauna primitiva, lo que venga. Feliz de pasar las siguientes dos horas en el perímetro de la desconocida. Aunque los separe la oscuridad y unos cuantos metros entre la sala y la boletería del cine. A la tarde siguiente Canossa vuelve al lugar y la situación es muy parecida. La tercera noche está dispuesto a tragarse otra vez a esos lobos que no lloran, sólo por el placer de verla y escuchar sus escasos monosílabos. Pero la mujer cambia de golpe su respuesta.

–¿Y qué propone, concretamente? –dice, con el boleto en la mano.

–Podríamos tomar algo en el barcito de enfrente –improvisa el hombre–. O, no sé, en algún otro lugar.

–Pero tendría que esperar a que termine mi turno –acepta la boletera en seco, y deja ver el preludio de una sonrisa–. Salgo a las diez y media.

–Yo la espero, claro, yo la espero…

La espera y la turbación valen la pena. Pocas horas más tarde, tomando limonada y comiendo aceitunas y maní muy salado, el hombre conoce los gustos de la mujer. Sabe que se llama Alia y adora el cine mudo, las calas (ojalá en jardines y no en floreros, dice) y la mostaza. Entre los perros y los gatos, prefiere los perros. Adora la naturaleza, dice. Sabe también que sus padres eran de Retiro y que fallecieron cuando ella tenía diez años. Y que desde entonces vivió en la capital con sus tíos paternos, Juan y Rebeca. Y sabe esa noche (y casi no lo puede creer esa noche) que la mujer es soltera y que tras la muerte de la tía y la partida del tío a la provincia, vive sola en un departamentito céntrico.

—El tío Juan es como mi papá —la escucha decir en algún momento—. Pero nos vemos muy poco ahora que está en Zárate. ¿Conoce?

—¿Qué cosa? —hace rato que ha perdido el hilo del diálogo. Está detenido ahora en otro gesto de la muchacha: en la manera de acomodarse el pelo detrás de la oreja como si afinara una prematura sordera.

—Zárate. ¿Lo conoce?

—No…

—Está al lado de Retiro. ¿Tampoco conoce Retiro?

—De nombre, nada más —miente. Pero es una mentira blanda. Aunque no recuerda haber oído ese nombre, podría ser sólo un charco de su memoria floja.

—Yo me muero por vivir en Retiro.

La boletera sigue hablando un buen rato. Él sólo la mira y aprueba sus palabras con monosílabos o con alguna frase gentil. Canossa no habla esa noche de la muerte de sus padres en un accidente ni de los aguijones de su cabeza ni de lo rabiosamente feliz que ya se imagina a su lado, al lado de la mujer que ahora se lleva una aceituna a la boca y es la boca de una mocosa, los labios de una boa: una serpiente viva, esa mujer y esa boca. Tampoco habla del surtido de medicamentos que traga todos los días para mantenerse en pie, ni de los múltiples diagnósticos que lo tienen así. Canossa quisiera hablarle de lo decidido que está a que su vida siga irrecusablemente junto a ella. En la capital, en Zárate, en Retiro, en el corazón de la naturaleza, en una cinta de celuloide, donde sea. Pero tampoco lo hace. Ya habrá tiempo para que lo sepa todo, piensa, todo.

—¿Podemos pedir la cuenta? —propone ella de golpe—. Mañana me levanto tempranísimo.

—¿Y qué hora es?

—Cinco para las doce.

Es como la Cenicienta usted, ¿ah?

Ella suelta una risa infantil; él la sigue con una carcajada artificial. Los ojos de la mujer vuelven a brillar con su luz propia y en ese minuto Canossa siente que es capaz de matar por que ella sea feliz. Pero intuye que esta es la primera pieza de un *puzzle* que tarde o temprano va a armar y que debe ir con calma, sin acelerarse, para no arruinar el juego.

—¿Vamos, entonces?

—Oiga, yo querría pedirle algo —se atreve a interrumpirla.

—¿Algo como qué?

—Algo simple, no se asuste —dice, mirándola a los ojos—. Me gustaría pedirle que nos tuteáramos. Si no le molesta, claro.

—No, no me molesta. Pero, ¿sabe una cosa? —sonríe con vergüenza antes de continuar—: Yo le resumí toda mi vida esta noche, y usted no me dijo ni su nombre.

—Ah, me llamo Martín. Martín Canossa.

—Mucho gusto, Martín Canossa —le estrecha la mano—. Yo soy Alia Viotti… ¿O ya te había dicho mi nombre?

—No. Un placer, Alia —y se aferra a su mano, a esa piel ya milagrosa que le alborota la sangre.

* * *

Una mujer tierra adentro.

* * *

Al mes siguiente comienzan a dormir juntos una o dos veces por semana. A los dos meses él le dice que la quiere —ya te quiero, le dice— y ella no contesta. A los tres meses, cenando en su casa, él insiste y ella repite una frase que ha dicho durante la primera cita y que hoy cobra otro sentido: yo quiero vivir en Retiro, dice. Eso es lo que más quiero. Canossa la escucha. Está tan decidido a seguir su encandilamiento que no lo piensa más. Se lo dice esa misma noche:

—Cuando mis padres murieron…

—¿Tus padres murieron? —lo interrumpe Alia.

—Sí.

—Lo siento tanto.

–Gracias, pero ya no sufro… Fue hace mucho tiempo.

–Ah, lo siento tanto –vuelve a decir ella en voz más baja.

–De verdad no sufro –la frena. Y la toma de las manos en una actitud ligeramente paternal–. Lo que quería decirte es que mis padres me dejaron plata. Mi papá era dueño de un hotel y la herencia no fue mala. A fin de cuentas, he vivido de eso todos estos años. Pero todavía tengo un poquito ahorrado, y se me ocurrió que, bueno… Que a lo mejor podíamos usar esa plata para irnos a Retiro.

–¿Para qué? –se sorprende Alia.

–Para irnos a Retiro. No sé, para instalar una hostería, un bar, lo que sea. Algo tengo que haber heredado del empeño familiar, ¿no encuentras?

–¡Lo encuentro increíble! –vuelven a encendérsele los ojos a la muchacha– ¿Cuándo nos vamos? Tengo que llamar al tío Juan ahora mismo para contarle. A lo mejor él sabe de algo y puede ayudarnos desde Zárate. ¡Va a estar tan feliz mi tío!

–¿Y te gusta la idea de la hostería o del bar?

–Me encanta –aprueba ella en un gesto que a Canossa le parece sobreactuado. Demasiadas películas, se le ocurre pensar. Pero descarta de inmediato la idea de la comedia–. Además, yo te puedo enseñar las mañas de Retiro. Porque no es cualquier lugar, tienes que saberlo… Bah, pero vas a ver lo lindo que es vivir en el interior. No lo puedo creer, ¿cuándo nos vamos?

La ansiedad de Alia los lleva a actuar con urgencia. No pasa una semana y el viaje ya es una decisión tomada.

Ella renuncia a su trabajo de boletera en el cine y él retira sus ahorros del banco. Canossa sospecha, sin embargo, que las cosas no son tan así: tan fabulosamente así como se están proyectando frente a sus ojos. Pero deja que la cinta corra.

* * *

Una mujer en película de época.

* * *

—Depende de cuánto dinero traigas, hombre —dice el tío Juan en el teléfono, a varios kilómetros de distancia—. El arriendo del Royal debe costar, suponte… Unos trescientos mil. Pero está muy dañado, no se los recomiendo. Si tienes plata podrías pensar en comprar el Cecil, que es un boliche ya más amplio, con más nombre. Ahora está medio abandonado, pero tal vez se puede negociar con los nietos del dueño.

—¿Y sabes cuánto cobrarían? —pregunta Canossa. Es la primera vez que habla con el tío de Alia.

—Eso tienes que preguntárselo a ellos… Qué voy a saber yo de esas cosas —liquida el diálogo—. Oye, ¿está la Alita por ahí?

—¿La Alita?

—La Alia…

—Ah, sí, la Alia —repite Canossa como embobado—. Te la paso.

—Apúrate, hombre, que esto es larga distancia.

* * *

Seis meses más tarde la pareja se traslada a Retiro. Aunque el trato con los nietos del dueño del Cecil ha resultado conveniente, es necesario botar paredes, reinstalar cañerías, embaldosar, pintar y picar los muros antes de poner en marcha el bar y la hostería. De común acuerdo fijan la inauguración para el 31 de julio, un mes después de la llegada al pueblo. Los primeros días no son fáciles, pero Canossa se dispone a enfrentar las mañas de la provincia con ánimo de sobra. La cabeza embotada y el bloqueo mental le parecen un punto borroso de algún pasado ajeno; algo que está muy lejos de amenazarlo ahora que la boletera y él, Alia Viotti y Martín Canossa, quién lo iba a creer, son la novedad de Retiro y preparan la reapertura del Cecil con bombos y soplos de fiesta. Incluso han pensado en casarse, pero no, todavía no, Martín, primero instalémonos como la gente, ha propuesto ella. Y él, lo que tú digas, mi vida, ha acatado. Y ambos se han aplicado de lleno a la reinstalación del negocio.

Canossa, sin embargo, se deja llevar en un par de ocasiones por algo que ella bautiza de buen ánimo como *salidas de celo*. La más relevante ha sido esta: una tarde, él encuentra entre los cachivaches de la mujer una servilleta escrita con tinta calipso. "La telita delgada sobre tu ombligo abierto", dice en el papel. Canossa lee las siete palabras como quien revisa un diagnóstico médico de dudosas consecuencias. Trata de disimular el temblor en las manos y se acerca a Alia con la servilleta abierta como un bistec. Dime una cosa, pregunta con voz fingidamente neutral, ¿qué es esto? Alia lee el papel y se ríe bajito. Cualquiera diría que le han contado un chiste de doble sentido. A ver, ¿qué estás pensando, Martín?, le habla con coquetería (o algo que él, al menos, percibe como coquetería). Nada, no estoy pensando nada, se defiende. Pero su negación resulta muy poco creíble. Es un verso de Alonso Salvatierra, ¿no lo has leído?, lo desafía ella. No, Canossa no ha leído al tal Salvatierra. Ella mueve la cabeza. Por Dios, qué torcida tu mentecita. A Canossa no le queda más que replegarse. Está bien, se dice para sí mismo: no es un pretendiente. Y la verdad de las cosas es que tampoco le parece un verso muy letrado. Si es que es un verso. Pero, ¿qué importa todo eso? Aunque el verso no sea verso ni letrado, ni pertenezca a un pretendiente ni a un admirador secreto, ¿por qué Alia tiene que andar guardando palabras subidas de tono entre sus cachureos? ¿Dónde y cuándo le han escrito eso? ¿Por qué y con qué intención? ¿Qué significa exactamente una telita delgada, un ombligo abierto? ¿Cómo se abre un ombligo?

Cuando ve que Alia rompe la servilleta y la tira a la basura, todas sus disquisiciones desaparecen y siente un alivio como un estornudo. Pero una vez que ella sale del dormitorio, Canossa vuelve al basurero, recoge los pedazos de servilleta y arma nuevamente el *puzzle*. En ninguna parte figura Alonso Salvatierra. A menos que el pseudónimo del hombre sea J.V., como se distingue ahora en el dorso de la servilleta. Peor aún: *Tuyo, J.V.*

* * *

Una mujer que abre un ruido.

* * *

Alia suele dormir hasta el mediodía. La secuencia de Canossa, en cambio, sigue el trayecto del sol. Una mañana, cerca de las ocho, sale a caminar por el pueblo. Cuando llega a la plaza se sienta en un banquito bajo un liquidámbar. Quiere estar solo, fumar un cigarrillo y escuchar la melodía de las cigarras. Pero justo cuando saca el encendedor de su bolsillo, comienza a sonar una música festiva que anula todos los ruidos. El hombre mira a su alrededor: lo que ve es la sonrisa común de una veintena de jubilados. La musiquita esa, que sale de los parlantes emplazados en las esquinas del parque, los hace tan felices. Entonces deja el banco, acelera sus pasos y camina por la avenida principal hasta llegar al muelle. El olor a yuyo quemado que baja con el Paraná no parece inquietar a nadie. En la orilla del río hay una docena de patos negros con las plumas a mal traer. Se pasean en fila y parpan sincronizados, mezclando su canto con los murmullos de los ancianos. Canossa se fija en que el muelle está lleno de viejos con cara de alivio. Lo que los apacigua, piensa, es el puro hecho de respirar. Respirar ese aire que está muy lejos de ser puro. Igual que los patos, están aquí para matar las horas: eso alegra a Canossa. De golpe se siente en confianza con esta naturaleza. Deja que los pensamientos se disparen solos y se ve a sí mismo como un pato. Un pato feliz de su despiste, que se acomoda en el pasto y se dispone a encender un cigarrillo. Pero no alcanza a hacerlo cuando escucha el grito de un hombre, uno de los ancianos del lote, que le habla desde arriba:

–¡Pare! Aquí no se puede fumar.

–¿Cómo? –Canossa lo mira desde el suelo.

–Que no se puede fumar, le dicen.

–¿Dónde dice eso?

–Yo le estoy diciendo que está prohibido fumar –se impone el viejo con una voz aflautada.

–Pero si estamos en un lugar público. Y es un cigarrillo nomás.

–Es chistosito usted... –Canossa se siente cada vez más pequeño, sentado en el pasto, arrinconado. Un pato en cautiverio con las plumas estropeadas. Intenta levantarse, pero el desconocido lo detiene–. Momento –dice. Y hace una señal de complicidad con la vista a un hombre sentado más atrás. Obedeciendo el llamado, el otro viejo se acerca y se cuadra frente a ellos. Canossa ve que lleva una libretita en la mano y una lapicera lista para disparar.

–Buenas tardes –saluda el recién llegado–. Samuel Calles.

–Martín Canossa.

—El señor iba a fumar aquí, ¿vio? —lo interrumpe el primero—. Y no sé si es tabaco lo que tiene.

—Ay, ay, ay —murmura Calles y escribe algo en la libretita.

—No sabía que estaba prohibido fumar, disculpen —se entrega Canossa.

—Nadie sabe nada nunca —recita Calles—. ¿De dónde venía ahora, del Cecil?

—Más o menos, o sea...

—Mejor no diga nada —ordena el viejo de la libreta y señala con el dedo índice la salida del muelle—. Circule, hágame el favor.

Canossa obedece, ya sin plumas, dislocado. Prácticamente por inercia, llega a la estación de trenes. Se sienta en un banco de madera a esperar. No sabe qué es lo que espera, pero ahí está, sentado en su butaca, esperando al menos que las cosas mejoren. Ni siquiera atina a encender el cigarrillo censurado por los viejos. Escucha cómo las sirenas de bomberos afinan su melodía de las doce. En un costado del lugar, justo frente al quiosco de diarios, alcanza a ver una virgen de cerámica, un jarro de flores con dos calas nuevas y un mensaje escrito en letras celestes sobre el mármol: *Madre mía de Retiro, virgencita del buen viaje, haced que llegue a buen destino hoy y en el próximo trayecto*. Más allá, un perro de color barquillo, raquítico, duerme bajo el banquito de madera que ocupan un policía y Gariglio, el vendedor de diarios. Después de un rato el perro se levanta, camina hacia Canossa y se echa a sus pies.

* * *

Una mujer que anida un gesto imposible.

* * *

Un día antes de la apertura oficial del Cecil, Alia pide a Canossa que vaya al mercadito del centro y compre un pollo. La muchacha saca cuentas en un cuaderno de hojas cuadriculadas y hace anotaciones numéricas con un lápiz de tinta calipso.

—Hoy viene el tío Juan a cenar —comenta.

—¿Adónde? —pregunta Canossa.

—Aquí, ¿dónde más va a ser?

—¿Por qué?

—Porque mañana es la inauguración y después vamos a estar muy atareados.

—Pero, ¿por qué a cenar?

—¿Cómo *por qué?* —levanta la vista del cuaderno— Porque es mi tío, porque sí.

Canossa apoya los codos en la barra, se lleva las manos a la cabeza y, en un murmullo, dice:

—Esto no me gusta, Alia.

—¿Perdón? —se ríe la mujer— ¿Qué sería lo que no te gusta?

—Esto —atina a responder. No le salen las explicaciones.

—Y a mí no me gustan tus escenitas de celos.

—Estos no son celos…

—Bueno, entonces no me gustan tus escenitas, a secas.

—Está bien, que venga tu tío, que venga —cierra el diálogo Canossa.

De manera que Juan Viotti llega de visita esa misma noche. Llega puntual. Trae un ramo de calas para Alia, que lo recibe emperifollada en la puerta del Cecil. Canossa ha cocinado el pollo y ahora está en la barra del futuro bar. Desde ahí observa la boca de la sobrina posándose sobre la mejilla del tío. La boca del tío en el pelo de la sobrina. ¿Por qué en el pelo?, se pregunta. Y no alcanza a formular una respuesta en su mente, porque ahora el tío encierra a la sobrina en un abrazo que es como una opresión; que dura varios segundos; que no se acaba nunca, ay, me la va asfixiar. Canossa abandona su estratégico emplazamiento y trata de poner la mente en cualquier otra cosa. En el pollo que debe estar listo. En el pollo, en el pollo. Como un eficiente mayordomo, se lava las manos con harto jabón, se ata un delantal de medio cuerpo en la cintura y entra a la cocina. El pollo, para su desgracia, ya está recocido. Se acuerda de los patos en el muelle, piensa que uno de estos días va a aprender a cazar. Justo cuando está por apagar el fuego, escucha la voz de Alia desde el comedor:

—Martín, ¿dónde estás? Ven a saludar.

—¡Ya voy! —grita Canossa sin mover un centímetro sus pies de la cocina.

—¿Cómo está mi Alita de paloma? —oye las palabras del tío Juan, allá adentro.

Cuando llega al comedor con la olla caliente sostenida por un paño de cocina y el delantal atado a la cintura, Canossa advierte que cocinar un pollo ha sido un acto de entrega. Servil e ingenuamente, se ha entregado esa noche al enemigo. El tío y la sobrina sonríen como un par de adolescentes pillados en una maldad. Mientras hace un hueco en la mesa para acomodar la olla, teme ser víctima de una fuerza de la naturaleza. Juan y Alia, piensa, están unidos por algo más denso que la sangre. Juan no es lo que aparenta ser, advierte, quizás quién es este hombre. Y Alia no es Alia, la boletera del cine, la de la felicidad súbita: *esa* mujer. Alia esa noche es otra cosa. ¿Y él? ¿Quién es él en esa mesa? Canossa sospecha que el silencio que ahora se impone en el comedor es una señal de algo. No sabe exactamente de qué, pero de algo que está muy por encima suyo. Alia abre y cierra la boca como si interpretara una película muda. ¿Estarán en medio de un ensayo?, se le ocurre. ¿Otra vez tendrá que ver la cinta de los lobitos? ¿O ahora lo enfrentarán a *El idiota* en función privada? Canossa se da cuenta de que está yendo demasiado lejos. Mira bien a Alia y sus labios moviéndose le parecen ahora un gesto de burla. Como cuando los niños remedan a los adultos y después de un rato dan ganas de patearlos o al menos cortarles la lengua. Sólo cuando ella chasquea los dedos frente a sus ojos, el hombre puede oír las palabras que salen de esa boca alterada:

—Martín… ¡Te estoy hablando!

Canossa ensaya una sonrisa e intenta borrar los pensamientos que le han taladrado la cabeza durante los últimos segundos. Todo bien, todo normal. Acomoda la olla en otro rincón de la mesa y saluda con la mayor naturalidad posible:

—Así que tú eres el tío Juan —le estrecha la mano.

—Yo soy el tío —responde el hombre. Como si no hubiera más tíos posibles, más lazos de sangre rastreables entre él y su sobrina—. Y tú debes ser Canosso, ¿no? Creo que hablamos por teléfono hace unos meses.

—Canossa —corrige Martín—. Yo soy su marido.

—¿Cómo, Alia? —le toma el brazo a la muchacha con la misma mano que antes ha saludado a Canossa—. ¿No me invitaste al matrimonio?

—No, es un decir. No estamos casados —aclara Alia—. ¿Por qué no dejamos este diálogo tonto y vamos a lo nuestro?

—¿Y qué sería lo nuestro? —pregunta el tío con algo que a Canossa le parece una insinuación directa. Ahora lo ve aferrarse como una almeja al brazo de ella.

—Comer, pues, comer —se desentiende la mujer. Recién entonces ve la olla sobre la mesa y se sorprende—. Pero Martín, ¿cómo traes la comida en esa olla inmunda?

—Es la única que tenemos, mi vida —habla recalcando las últimas palabras.

—Pero hay otros recipientes un poquito más decorosos, pues —Canossa toma la olla caliente sin el paño de cocina y se la lleva de vuelta. Alia grita desde el comedor—: Y trae la mostaza cuando vengas, por favor.

Desde la cocina Canossa escucha cómo Alia y Juan siguen hablando. De la mostaza que todavía no consigue eliminar de su dieta (ella); de los negocios rentables en Zárate (él); de los incendios en Retiro y de los bomberos ineptos, comprados o pirómanos; de las manifestaciones multitudinarias en la capital; de las calas verdes llevadas por Alia a su tía Rebeca en el aniversario de su muerte; del perro de color barquillo que se ha aguachado en el Cecil; de las mañas, esas mañas tan ridículas del interior; de los viejos retirenses y de otras menudencias comunes. Canossa comprende que su personaje no tiene parlamento en esta escena. Sin pensarlo más, embute el pollo en una fuente de vidrio, vuelve al comedor, pone la fuente sobre la mesa y saca una voz que suena doblada:

—Lo siento, Alia, no voy a cenar contigo esta noche.

—Pero... —la mujer no alcanza a articular otra frase cuando Canossa ya ha salido de la sala.

—Se le olvidó la mostaza —comenta Juan.

—Qué vergüenza, discúlpalo, tío —murmura la sobrina.

—Un poco loquito tu marido, ¿ah?

—No es mi marido, te dije —reacciona con su misma voz adolescente. Y abre la fuente de vidrio como si aquí no hubiera pasado nada.

Recocido el pollo, algo dulzón el vino, carcajeada la noche. La cena termina relativamente temprano. Canossa apaga la luz del velador quince minutos antes de que Alia se acueste. Cuando la siente deslizarse debajo de las sábanas, finge dormir. Incluso emite un leve y aceptable ronquido. A ella, sin embargo, no le importa si él finge o no, si la escucha o no. Pronuncia tres palabras, pero las pronuncia rabiosa:

—Eres un maleducado.

Y se acurruca en una orilla de la cama, lo más lejos posible de Martín Canossa.

* * *

Una mujer que camina en reversa.

* * *

Al día siguiente apenas intercambian algunos monosílabos. Canossa sale temprano a conseguir los últimos enseres pendientes para la inauguración del Cecil: manteles plásticos, un par de saleros de mesa, ampolletas de focos externos y una pequeña caja metálica con candado donde puedan guardar el dinero. El resto lo han ido comprando poco a poco: el televisor en colores, las sillas y las mesas, los ventiladores de pie, la mercadería, las copas, los muebles, la vajilla, las sábanas y las frazadas para la única habitación disponible por ahora en la hostería.

El aire está pesado. Al llegar a la avenida principal, Canossa tiene la impresión de que los pocos habitantes que circulan por el centro lo ignoran. Se mira de arriba a abajo hasta que el mentón choca con la clavícula: necesita comprobar que es él, que está ahí. Por un segundo llega a pensar que es invisible. Pero no. Martín Canossa está en Retiro, a pocas horas de su debut en el Cecil, con la sensación de ser feliz y muy desgraciado al mismo tiempo; con la repentina idea de estar colándose a la fuerza en un pueblo del interior. En la esquina divisa a Gariglio. El quiosquero camina hacia él por la misma vereda con su carrito móvil. Siempre tiene algún ramo de calas en venta, que luego acomoda junto a las demás flores a un costado del quiosco en la estación. De lejos ahora puede ver un lote semiaplastado por un ramo de crisantemos amarillos. Qué mal gusto, piensa Canossa. ¿A quién puede gustarle un crisantemo amarillo? A un retirense, a quién más, se responde. Pasa por su cabeza una secuencia de imágenes de floreros con crisantemos despeinados, hasta que se da cuenta de que el vendedor atraviesa la calle y sigue su camino con pasos firmes por la vereda opuesta.

—¡Oiga, oiga! —intenta frenarlo. Pero es inútil. El viejo se pierde y queda fuera de foco.

A Canossa no le queda más remedio que comprar las flores en la entrada del mercadito. Quiere sorprender a Alia con un ramo fresco de calas idéntico al que ha llevado Juan la noche anterior. Sus flores dejarán obsoletas las del tío, piensa, y será un final feliz del episodio que aún permanece activo en su cabeza. La florista, sin embargo, tampoco es el emblema de la simpatía. Cuando Canossa le pide el ramo de calas de la izquierda, ese que tiene varias flores cerradas (el único de calas, por lo demás), la mujer lo frena:

—Esas están reservadas.

De manera que Canossa termina con un ramo de claveles rojos —muy frescos y aromáticos, pero claveles y no calas— en la mano. Todavía con ánimo, entra al mercadito y se pasea con sus flores por los pasillos del local. No pasa nada, no pasa nada, trata de asumir con liviandad los últimos episodios. Logra incluso reírse de sí mismo frente a las ampolletas que ahora echa en el carro silbando una melodía antigua. La cajera lo mira extrañada cuando llega a pagar las compras con el ramo de claveles adentro del carro. Pero la secuencia es muda.

Canossa sale del mercado y se aplica otra vez en el silbido. La melodía ya es cualquier cosa, un sonido apelotonado que alguna vez pudo ser canción. Toma una calle lateral y se deja andar por los laberintos del pueblo. Tratando de seguir el ritmo propio, camina por la vereda sin pisar las líneas divisorias entre un pastelón y otro. A medida que se acerca al río, el humo aumenta su densidad, es cada vez más corpulento. Pero él no repara en el olor a quemado, ni en el canto agónico de las cigarras calcinadas en los últimos incendios matinales. Tampoco se da cuenta, esa mañana, de los cambios atmosféricos. Abruptamente, unas nubes gordas taponean el cielo y a los pocos minutos, como en un eclipse minúsculo, vuelve la luz entre la humareda. Canossa sigue con el silbido, hasta que en una de las secuencias de oscuridad ve su propia sombra agigantada y se desconcentra. De un minuto a otro se desconoce completamente. Es como si fuera un doble de Martín Canossa circulando esta mañana por una locación llamada Retiro, junto al brazo de un río llamado Paraná. Puede escuchar su respiración, pensar sus pensamientos, observarse desde afuera. Desde otra galaxia. Su conciencia figura a kilómetros de su materia corporal, por así decirlo, y de golpe teme perderla para siempre. Al hombre se le ocurre que este pánico nuevo puede relacionarse con la suspensión de los medicamentos. Desde que está en Retiro ha abandonado todos los fármacos. Hasta ahora creyó que su ánimo estaría a salvo acá, junto a Alia, lejos de la rutina de los oficinistas colgados al teléfono el día completo.

Pero no.

Con la impresión de estar a punto de desintegrarse, entra a una farmacia que más parece almacén y pregunta por sus Ravotriles, sus Fluoxetinas, sus Calmosedanes, sus Zopiclonas. El farmacéutico lo mira como se mira a un marciano y le asegura que nada de eso existe por estos lados. Que lo siente, amigo, le dice. Y cuando ya está en la puerta de la farmacia, el vendedor lo detiene:

—Hoy es la inauguración del Cecil, ¿no?

Las palabras del locatario actúan como fármaco a la vena para el enfermo. Ni siquiera tiene tiempo de preguntarse cómo sabrá aquel desconocido que él es el dueño del boliche. Instantáneamente siente que recupera el porte, él ánimo, la sangre. Sobre todo la sangre.

—Sí, señor. Viernes 31 de julio a las ocho de la noche: están todos invitados —exagera su entusiasmo. De inmediato se arrepiente, pero entonces ha salido de la farmacia y ya camina hacia la plaza.

Al llegar al banquito bajo el liquidámbar se detiene. Sin darse cuenta ha dejado de tropezar con sus aguijones mentales. El pánico de hace unos minutos ha desaparecido por completo y ahora vuelve a sentirse tranquilo.

Déjate de idioteces, Martín, se habla en voz baja. En el banco de enfrente hay cinco o seis ancianos alimentando palomas. Los mira de reojo y se siente muy lejos de todos ellos. Lejos de los viejos, de los yuyos, de los patos, lejísimos de los retirenses. En ese instante se le ocurre que es él quien ignora al mundo y no al revés. Sentado en la plaza de Retiro, se ríe. Las luces de la mañana todavía pasan de la luz a la sombra, de la luz a la sombra, como un faro vuelto loco, pero eso ahora no perturba ni un milímetro su mente. Canossa aspira profundo y recién entonces siente la pesadez del aire. Huele a quemado, se da cuenta, a cuero quemado.

* * *

Una mujer en blanco y negro.

* * *

—Gracias —dice Alia cuando recibe el ramo de claveles, y sigue ordenando las copas en el mostrador.

—¿Todo bien? —pregunta Canossa.

—Bien, muy bien —contesta sin prestar demasiada atención.

El hombre circula el resto del día con la necesidad de hablar, pero de su boca no sale nada. Al final de la tarde, con mucho esfuerzo, consigue sacar dos palabras: Perdón, Alia, dice. Pero ella entonces tiene la radio prendida y tararea una canción sentimental que tapa todo con su rumor monótono. De manera que la mujer nunca recibe las disculpas de Canossa. Y él tampoco se da cuenta de que nadie lo ha escuchado disculparse.

A varios kilómetros mentales de distancia los pilla la inauguración del Cecil. De a poco va llegando el elenco esa última noche de julio. A las ocho y cuatro minutos entra Gariglio. Luego vienen el policía de la estación, el farmacéutico, Samuel Calles, una mujer pelirroja, una veintena de jubilados y, al final, Juan Viotti. A Canossa le parece que el hombre camina con ese aire jactancioso de la provincia. Y nota el silencio que se produce cuando el recién llegado termina de cruzar el salón y se instala en una mesa del fondo junto a Calles. Canossa observa el movimiento del bar con disimulo, detrás del mostrador. El mueble que lo separa del resto lo hace sentir a salvo. Alia, en cambio, se pasea de una mesa a otra recibiendo animadamente a la concurrencia. La gente la saluda con actitud amable y hace comentarios acerca de su infancia en Retiro. La tropa de jubilados la besuquea. Eras una mocosa exquisita, le dicen. Y a Canossa le da una especie de celo retrospectivo, que después de unos minutos logra controlar. Son viejos, se dice, son una manga de viejos que no tiene ni banda sonora. Entre la concurrencia hay también muchos mentirosos. Hay algunos que dicen, por ejemplo, yo me acuerdo de cómo bailabas en las fiestas. Y Alia (eso le consta a Canossa) nunca ha bailado, odia bailar, y menos iba a hacerlo a los diez años. Aunque a ella, en realidad, parece divertirle la inventiva de los parroquianos y los sigue en sus juegos hasta que agotan el fraseo común. El silencio producido con la entrada de Juan, sin embargo, la obliga a cortar el diálogo que mantiene con la mujer pelirroja. Alia se disculpa y la deja sola con su vaso de ginebra para ir donde el tío. Su llegada a la mesa es una fiesta privada: los bebedores la festejan como si fuera la primera dama, más que la anfitriona, y el tío besa la frente de la sobrina (ya no el pelo, ya no la mejilla) con un aire resuelto que Canossa, desde el otro lado de la barra, considera de posesión.

El dueño del Cecil no quiere mirar lo que mira. Entonces lava todas las copas que encuentra a su paso, ordena y desordena botellas en el armario, ofrece otro trago a algún cliente aplomado en la barra; se hace el ocupado. En ese instante sólo quisiera estar con Alia en la cama de la pieza nueva. La semana anterior probaron cómo funcionaba la única habitación disponible del Cecil, la de arriba a la izquierda, la que tiene una ventana hacia el muelle, y concluyeron que no estaba mal. Desde entonces la bautizaron, sin demasiada ocurrencia, como el Nido. Eso fue, claro, antes de la visita del tío Juan. Canossa quiere mirar a Alia en la cama del Nido, o donde sea, junto a él y no entre esa tropa de aduladores y mentirosos. No quiere mirar a Calles ni a Gariglio ni a la pelirroja ni al policía ni al condenado tío. Sólo desea que estos minutos sean un sueño. Pero está ahí, despierto, y nada puede cambiar la escena. El miedo que ha tenido esa mañana aflora tímidamente y vuelve a sentir que sobra dentro de su propio cuerpo, que es apenas un extra. Antes de que la sensación lo anule, se promete que al día siguiente viajará a la capital a comprar los medicamentos suspendidos. Tranquilo, tranquilo, repite para sí mismo, mientras escucha los ecos de la multitud retumbando en sus oídos y ruega que a nadie se le ocurra dirigirle la palabra.

Pero hay al menos dos clientes que tienen la ocurrencia de hacerlo, y él no puede frenarlos. Primero es el policía, que se instala en el mesón: Buenas noches, una malta, gracias. Los demás se limitan a mirarlo con desdén. Pero Canossa no va a permitir que los rumores colectivos lo afecten tan fácilmente. Tranquilo, hombre, insiste en su cabeza. Trata de razonar: es el dueño del boliche, tiene salud y vive con esa mujer. Las malas caras son la envidia nomás. Te vas a dejar de idioteces, se promete, te vas a relajar.

—¿Usted es el novio de la Alia? —escucha la voz de una mujer. Es la pelirroja, que ahora ocupa el lugar del policía en la barra. La luz destemplada del tubo fluorescente acentúa el brillo de sus ojos. Tiene un cuerpo bien formado para sus más de cincuenta años y aparenta manejar con seguridad sus escasos atributos.

—Yo soy el marido —se vuelve a hallar en la misma mentira.

—Qué bien —se ríe la mujer. Canossa sabe que ella sabe que no ha dicho la verdad.

El hombre aprovecha la risa para escabullirse y huye hacia otro rincón de la barra. Al rato la mujer deja el mostrador y se acomoda en una mesa solitaria, al pie del espacioso ventanal. Bebiendo los restos de su ginebra y picoteando maní, se instala a mirarlo de reojo. A Canossa le incomoda al principio la mueca espía de la mujer. Imagina que su cara tiene algo, el labio chueco, una mejilla hundida, alguna mancha en la frente, algo que delata los brotes de ese pánico que amenaza con volver en cualquier momento. Algo, en todo caso, digno de ser estudiado. Pero luego se deja mirar por la mujer y hasta olvida durante un rato que lo vigilan. A sus oídos llegan frases sueltas que él recoge y ordena arbitrariamente, como si armara un puzzle de letras. Que estás guapísima, Alia. Que venirte a Retiro fue una idea de los dioses. ¿Que la Alita viniéndose? Que no sean vulgares. Que no sean malpensados. Que Juan es malhablado, no malpensado. Que nos extrañabas tanto. Que me extrañaba a mí. Que no. Que sí. Que tanta película me tenía la cabeza redonda. Que llegaba cada idiota. Que la grasa de la capital, que el soplo de la provincia. Que el imán del interior. Que la sangre, que los lazos. Que sí, que no, que ay.

Las manos alzadas de los bebedores piden más vino. Alia también lo pide, asumiendo de una vez su dominio. La exaltación de la clientela es un coro parejo. ¿Y quién les va a dar el vino? El pedido no va a salir de sus manos, de eso está seguro Canossa. Por eso fija los ojos en el muro verdoso y ahí se queda un buen rato, esperando el final de ese ruido que viene desde el fondo del bar. Pero la pared ahora parece hablarle también. De su hollín comienzan a salir otras palabras. Que eres un residuo, un perro botado a los pies de cualquiera. Que no eres el dueño de nada ni de nadie. Que nunca has sido el patriarca. Que estas copas, este suelo de madera, este vino, los poros y los chillidos de esta mujer no son tuyos. Que eres un pedazo de este muro gastado. Canossa se mira las manos, las piernas, el cuerpo entero y tiene la sensación de no estar ahí, de haber sido absorbido por el cemento verdoso. Mira a la pelirroja con la esperanza de confirmar su presencia en una mirada ajena, pero incluso ella ha dejado de observarlo. Canossa toma aire, cierra los ojos, se repite lo del control mental, se arrima al espejo del fondo y lo hace: abre un ojo lentamente y se asoma a su imagen. Ahí está su reflejo, qué alivio. Al menos sabe que sigue existiendo.

* * *

Una mujer fuera de foco.

* * *

A las tres y media de la madrugada Canossa decide que su jornada por hoy ha terminado. Sólo queda una mesa con clientes y Alia está sentada ahí, precisamente. Desde la barra intenta hacerle una seña, pero es inútil. Ella está de espaldas y parece animadísima con la charla. El tío Juan sigue siendo el centro de la atención. Canossa cierra la caja registradora con llave, lava las copas y los cubiertos sucios y arroja los restos de algunas botellas de vino en el lavamanos. Después pasa un paño húmedo por el mostrador, y por un instante tiene la sensación de que el orden y la limpieza de las cosas materiales provocan una calma insuperable. Una calma como el fin de un melodrama. Cuando apaga la luz del mostrador, escucha la voz de Alia:

—Hey, ¿qué pasa?

Canossa cree que no es a él a quién van dirigidas esas palabras. Pero Alia se ha volteado y ahora lo mira fijo desde la mesa de los últimos clientes, de modo que no hay otra posibilidad: es obvio que las palabras son para él. Es obvio también que son palabras de molestia. La mujer se levanta y camina decidida hacia la barra. Cuando está frente a él se detiene y vuelve a decir:

—¿Qué es lo que pasa, Martín?

—Nada, voy a cerrar.

—Pero si todavía hay gente. ¿Qué tipo de negocio es este?

—¿No los puedes atender tú?

—Ah, ya —se ríe. Más que una risa es un bufido—. ¿No somos socios entonces?

—Sí, pero estoy cansado. Me duele la cabeza.

No es eso lo que quiere decir, sin embargo. ¿Cómo que socios? Soy tu marido, Alia, no soy tu socio: eso tendrías que haber dicho, idiota. Alia parece leer sus pensamientos.

—Yo sé lo que te pasa —apuesta.

—No, no es eso —se defiende.

—A veces me pregunto —dice ella y aprieta el botón de pausa— si fue una buena decisión venirnos a Retiro.

Las palabras de Alia son una bofetada. Canossa siente el filo de miles de aguijones en su cabeza. Levanta la vista para refugiarse en esos ojos que tanto lo obnubilan, los de ella, pero por primera vez no encuentra ahí nada parecido a la tranquilidad. Entonces se lleva las manos a la cabeza y habla en voz baja pero firme:

—No digas eso, por favor.

* * *

Una mujer a contraluz.

* * *

A partir de esa madrugada Canossa pierde el sueño. El insomnio tiene muchos efectos, pero acaso el peor es el miedo a no poder dormir. El horror de haber despertado para siempre. No puede hacer otra cosa: deja que la cabeza formule ideas ridículas, como volver a la capital e instalar un local de películas pornográficas protagonizadas por gente de la provincia, o dedicarse a vagar con Alia por los arrabales y dormir cada día en un motel distinto. Pero ella no va a estar dispuesta a dejar Retiro, recapacita. Entonces suena mejor así: rebobinar la cinta y devolver a Alia a la boletería del cine. Todo de nuevo. Ah, mierda, se desespera Canossa. Las señales de la madrugada lo descomponen: el sol amenaza con matar la penumbra de un momento a otro y él sabe que debe estrujar como un paño la lucidez de las últimas sombras. Entonces ve claros los obstáculos. Ahí está Juan Viotti clarito en su papel. Hace un par de noches, Alia descifró expresamente los rollos de Canossa. Esa palabra usó al acostarse: *rollos*. Le dijo te estás pasando rollos, Martín. Él se quedó en silencio. Y ella soltó su teoría: te estás pasando rollos con mi tío. Él no aprobó ni negó su especulación. No hizo falta. Ella ya había tomado las medidas del caso y se las anunció ahí mismo, en la cama, justo dos noches atrás: el tío Juan no vendría más al Cecil. Ella, a cambio, lo visitaría en Zárate.

Aunque Canossa está satisfecho con la decisión de Alia, ahora no puede evitar sentir desconfianza. ¿Por qué de golpe su mujer lo comprende? ¿Qué es lo que realmente comprende? El vuelo del insomnio lo lleva a conclusiones atroces: lo que ella comprende es que si el tío Juan sigue viniendo al Cecil todo se va a ir al carajo. Pero *todo* no es Canossa y ella, sino Viotti y ella. Eso es. Alia no desea arriesgar su reputación ni la de su amante de sangre. Además es mejor, más excitante incluso, revolcarse con el tío en Zárate que en este pueblo de naturalezas muertas. Y allá no los conocen. O al menos a ella no la conocen tanto. No deben saber que es su sobrina, que podría ser su hija la muy... ¿La muy qué? No deben saber que ya no le da ni boleto, zanja Canossa. La ha descubierto y tiene que decírselo ahora mismo. No es capaz de tolerar un segundo más y, sintiéndose el ser más lúcido del planeta, prende la luz del velador:

—Ya sé por qué no quieres que tu tío venga más al Cecil —le dice. Y no espera su reacción—. Qué triste haberlo descubierto a punta de desvelos, Alia. Me hubiera gustado que fueras tú quien me lo dijera. Pero no fuiste capaz de hacerlo –hace una ligera pausa–. ¿No vas a decir nada?

No hay nada que decir. Alia duerme como un cachorro a su lado y las palabras rebotan en un eco tenue, sin la fuerza que podrían tener en medio de un despeñadero. Pero él tiene las cosas demasiado claras y, con un resuelto zarandeo, consigue sacarla del sueño.

–¿Martín…? –habla despabilándose la muchacha.

–Tenemos que hablarlo, Alia.

–¿Hablar qué?

–Lo sé todo.

–¿Qué es lo que sabes? –se incorpora débilmente y mira el reloj del velador– ¿Estás loco? Son las cinco de la mañana.

–No importa si son las cinco o las seis. Esto es demasiado importante. Tú lo sabes.

–Yo no sé nada. Déjame dormir.

La mujer se tapa la cabeza con las frazadas y se acurruca en un rincón de la cama. Canossa se siente agredido con ese gesto y algo –algo que puede estar vinculado con las horas en vela o con el largo período sin medicamentos– lo lleva a reaccionar así. Saca las frazadas de un tirón y deja a la mujer al descubierto. El acto es ridículo, porque el camisón está completamente subido y el cuerpo desnudo, doblado como feto, la hace ver muy frágil.

–¡Se acabó, Alia, a mí no me engañan!

Seguro que la mujer tiene ganas de pegarle una buena cachetada, pero se reprime. Con una pasividad que a

Canossa lo destruye, se levanta de la cama y camina torpemente hacia la puerta. Antes de salir balbucea apenas:
—Estás mal, Martín. Hazte ver —y cierra la puerta por fuera.

* * *

Una mujer colérica o sicalíptica.

* * *

Desde entonces duermen separados. Alia ocupa la pieza nueva, el Nido, y se encierra con llave hasta la mañana. Durante el día apenas hablan. Eso cuando ella está en Retiro, porque el último tiempo le ha dado por empacar una mochila y tomar el bus a Zárate al mediodía. Sin embargo, como si hubieran establecido un pacto tácito, la mujer regresa cada tarde a las ocho en punto. Entonces se instala en el Cecil y recibe a los clientes junto a Canossa. Incluso, entre atención y atención, le da de comer al perro aguachado que la festeja desde la puerta con sus movimientos de cola. Se diría que todo camina más o menos igual: los bebedores siguen ignorándolo a él y festejándola a ella, el policía sigue siendo el único parroquiano relativamente amable, la pelirroja observa el movimiento del Cecil con exceso de atención y suelta de vez en cuando sus comentarios intrusos. Lo único distinto es, ahora, la actitud de Alia. La muchacha se ha vuelto más reservada, menos jocosa. Como si la ausencia del tío

Juan alterara su personalidad. Canossa la ve lejos, en otra película, y pasa noches completas pensando cómo traerla de vuelta. Necesita con urgencia volver al punto de partida, al día del cine, a ver *El idiota* y la cartelera completa del siglo veinte si es necesario.

* * *

Una mañana en que el aire de Retiro es casi irrespirable, Canossa decide ir a comprar sus medicamentos a la capital. A lo mejor Alia tiene razón y debe hacerse ver. A lo mejor sus rollos, como ha dicho ella, son parte de un problema químico. Sea como sea, toma el tren de las nueve y al mediodía ya está en el centro. Las manifestaciones frente al obelisco le provocan suspicacia: como si detrás del rumor de la muchedumbre se escondiera una verdad que sólo él desconoce. A Canossa le cuesta una enormidad hacerse un hueco entre el montón de gente. Pero al final, empujando y presionando, lo consigue. Al salir de la farmacia con su bolsa de medicamentos se detiene en un almacén y compra siete kilos de mostaza. Está tan empeñado en recuperar a Alia que va dispuesto a complacerla en todo. Como a una hija malcriada. Piensa en ella cuando ve en una vitrina la medalla de plata con la letra A. En realidad hay también una D, una M y una S, pero Canossa sabe que la A brilla sola para él, que lo ilumina con su brillo fosforescente y le ruega ser rescatada de esa vitrina para instalarse en su cuello y salvarlo. Entonces entra al local y agradece al vendedor por haberlo esperado todo este tiempo. El hombre lo mira con cara de póquer, y recibe el dinero en efectivo por la cadena y la medalla.

Por eso ahora que tiene el amuleto en su cuello y un arsenal de pastillas blancas en el botiquín del Cecil, imagina que podrá funcionar con más calma. Pero, lejos de eso, los síntomas empeoran cada día: el desvelo es crónico, su cabeza rumia día y noche ideas inconexas, tiene dificultades para salir de la cama, si fuera por él se quedaría para siempre tumbado. No sólo su cabeza se ha desviado, comprende, sino su humor y hasta su sombra. Lo único que desea —si se puede hablar de deseo— es estar frente a Alia, pero ella ahora apenas lo mira. Ni siquiera se ha animado a mostrarle la A de plata que guarda en el cuello, porque últimamente cualquier comentario fuera de lugar la irrita. Ya no somos ni socios, calcula Canossa.

* * *

Una mujer sin guion.

* * *

Todo podría seguir en ese estado lánguido si no fuera por lo que ocurre el segundo día de septiembre. Lo que no ocurre, más bien: Alia ese día no llega al Cecil a las ocho. Ni a las nueve ni a las diez. Canossa atiende solo el bar y debe lidiar durante cuatro o cinco horas con los murmullos de los bebedores. En algún minuto de la noche aparece la pelirroja con el pelo muy enrojecido. Se diría que teñido sobre su colorado natural, incluso. Los hombres la miran de reojo y siguen bebiendo callados. La mujer se instala en la barra, pide una ginebra y suelta un carcajeo. Nadie dice nada, pero es muy posible que la estén juzgando. La pelirroja bebe solitariamente, espiando por el gran espejo del mostrador la acción que ocurre a sus espaldas. Cuando tiene cerca a Canossa le habla en voz baja. ¿Y la Alita?, pregunta. Él no puede responder porque la mujer dice ah, la Alita, emite un suspiro y no lo mira más. Canossa quisiera ponerla en su lugar, discursearla con escándalo por atreverse a insinuar quizás qué. Pero, tal como la primera noche, voltea sus ojos hacia el muro verde y de ahí no vuelve a salir. Cuando el policía se acerca al mostrador para pedir un vaso de soda o una malta, comprende que el hombre no va a hablar más. Y él mismo es quien sugiere a la clientela que abandone el lugar. Los parroquianos (incluida la pelirroja, que sigue bebiendo sola en la barra) obedecen al uniformado y comienzan a marcharse en silencio, como si salieran juntos de una misa muy concurrida.

Alia ha iniciado esa noche la costumbre de no llegar al Cecil. Un día sí, dos no. Canossa se sienta a fumar en algún banquito, cada tarde, y deja quietos los pensamientos en algo, en algo que aún no tiene una forma exacta pero que ya se adivina. Todo se va desplomando ante sus ojos. Aquí hay maldad, rumia, pura maldad.

* * *

No pasa una semana hasta que Canossa lo decide. Ya lo ha rumiado bastante, pero es recién ahora cuando sus palabras toman vida. De mí nadie se ríe, a mí no me engañan, dictamina mientras traga su cóctel de pastillas y cierra de una vez las puertas del Cecil. Gariglio se estaciona junto al ventanal, por fuera, y observa a Canossa sin disimulo, como si estuviera vigilando a un enfermo. Luego llegan el policía, Calles, los viejos, y golpean suavecito la puerta y bajan la voz y murmuran desde el otro lado, como si el enfermo estuviera agonizando y cualquier ruido pudiera matarlo. Hasta que el murmullo es un silencio hundido y desaparecen las sombras detrás de la ventana. Canossa mira el reloj esquinero que anuncia las doce y media, pero no abandona su puesto. Al amanecer, después de comprobar que otra vez Alia no volverá, se sienta en una mesa del fondo y le parece que el bar es un hospital desierto y que todos los enfermos, los aparentes y los terminales, se han ido para siempre.

Cuando la mujer vuelve al Cecil, a las cinco y cuarenta y tres de esa madrugada de septiembre, Canossa sigue en la mesa del fondo. La risa de Alia en la puerta lo saca de su encerrona mental y en un acto de inercia se dirige a la ventana. Desde ahí los espía: Juan la toma por la cintura y la abraza con fuerza. Canossa no ha visto al hombre desde la apertura del boliche. Paralizado, observa hasta el último detalle de la escena. Ve el instante en que la sobrina y el tío se miran con la expresión que sólo pueden tener los que han ido demasiado lejos y todavía no les basta. Ve cómo se muestran ante él (ante sus ojos obligados a ver lo que no quieren ver) como lo que realmente son. Ve, al final, la reja abriéndose y la figura de ambos en el quicio de la puerta.

—Buenas noches —dice el tío como si nada. Como si Canossa fuera el suegro y él le trajera de vuelta sana y salva a su primogénita.

—¿Buenas? —pregunta y suelta una risa embravecida—, ¿Tú me estás deseando buenas noches a mí, desgraciado?

—A ver, a ver. Calmadito, hombre —responde Juan con la voz de un padre todopoderoso esta vez—. Somos gente adulta.

—Tú no eres gente —dice Canossa—. Tú eres un gusano.

Alia lo mira con una expresión neutra, como si aún no decidiera en qué bando inscribirse. Como si aún pudiera hacerlo, incluso. Sus ojos muestran una luminosidad opaca, quizás forzada por la urgencia del momento. Ese par de semillas resulta ahora impenetrable ante los ojos de Canossa. Y por unos segundos llegan a su mente los recuerdos de la primera vez que la vio, detrás de la ventanilla. La imagen es un golpe de felicidad y él ruega al cielo que alguna vez (ahora mismo, por favor, por favor) ella vuelva a ser su boletera, la misma mujer Tierra adentro que miraba el mundo desde el otro lado y anunciaba comedias y dramas ajenos.

—¿Qué estás haciendo, Alia? —atina a decir en voz muy baja.

—No me pidas explicaciones —ruega ella.

—Yo no te estoy pidiendo nada —se disculpa y comienza a sentirse cada vez más pequeño.

—Bueno, yo sí —habla decidida—. Te pido que me dejes tranquila —y vacila unos segundos antes de precisar—: Déjanos tranquilos, por favor.

Canossa pierde el aire. Juan permanece de pie en la puerta y mira la escena como el director de un comercial a medio filmar. Alia se arrima al tío y lo abraza. Pero el suyo es, más bien, un gesto de solidaridad. De mí nadie se ríe, necesita decir Canossa, a mí no me hacen esto. ¿Creen que soy un idiota?, quiere reclamar. Sin embargo, peor que en un videoclip, su boca ni siquiera se abre. La mujer se ha cuadrado, lo advierte en ese momento, en el bando del enemigo. ¿Qué es esto?, querría protestar y acaso tironearla y traerla a la fuerza a su bando, a su verdadero y único bando. Ven para acá, Alia. Pero ella está lejísimos, en otra curva visual. Súbitamente la figura de la mujer se diluye de su encuadre. Canossa comprende, recién entonces, que Alia ya no forma parte de su universo. La mira por última vez, le transmite en silencio todo lo que pasa o cree que pasa por su cabeza y se aleja en cámara lenta, sin ningún apuro.

* * *

Una lengua de fuego, la mujer.

* * *

Esa madrugada ocurre el incendio en la única pieza disponible del Cecil. Cuando llegan los bomberos Alia ya está muerta. A Canossa lo encuentran despierto, hundido sobre el mismo pisito del bar. Después de esa noche Juan Viotti no vuelve más a Retiro. Se lo traga Zárate o alguna otra locación cercana. Desde luego, los demás clientes tampoco vuelven a pisar los gastados tablones del Cecil. Ni la pelirroja, siquiera. La versión oficial del incendio es una falla en el sistema eléctrico: un accidente. Demasiado viejo, el edificio. Un chispazo loco y *the end*. Hasta ahora no se ha podido comprobar que el fuego haya sido intencional.

La orden de la justicia saldrá tres días más tarde. Canossa será detenido por el mismo policía que tuvo de cliente en el Cecil. Lo tengo que detener, le dirá el policía con tono de western. Y Canossa estirará las manos hacia adelante sobreactuando una actitud de entrega. Cuando le pongan las esposas no se dará cuenta de que la cadena de plata que ha comprado en la capital hace unos meses caerá al suelo, y la letra A quedará brillando en el cemento como una estrella perdida. El perro de color barquillo se acercará y hará el intento de lamerla, pero nada más. Una escena sin clímax. Dos noches después, en la celda, Canossa hablará por primera vez del incendio. Lo hará frente al mismo policía. Dirá que le parece milagroso. Que todo esto, que Alia, que los aguijones que lo herían, que verla ahí sentadita, que el cine, que el Cecil, que el resplandor de esa especie de cuchillo y después el fuego, que todo en general le parece una cosa milagrosa. Bastará haberla visto detrás de la ventanilla para encender la mecha. El policía será testigo de cómo el libreto improvisado (o el aguijón, otra vez) le hará arrastrar las palabras en un primerísimo primer plano. Entonces la miré y ya no me parecía nada, dirá. El fuego la había deformado. Yo la vi quemarse. Parecía un tumor, una cosa ni viva ni muerta. Pero los ojos seguían con vida. Estaban muy abiertos, se podía imaginar lo que esos ojos aún veían. Estaba viva, se lo juro. Las llamas serpenteaban por las sábanas del nido. Entonces la dejé ahí y salí al pasillo, porque el olor a quemado y sus chillidos y los poros y la lengua de fuego me ponían tembloroso.

* * *

Una mujer que enciende las luces.

Índice

Alejandra Costamagna (Chile, 1970) es periodista y doctora en literatura. Ha publicado las novelas *En voz baja* (1996), *Ciudadano en retiro* (1998), *Cansado ya del sol* (2002) y *Dile que no estoy* (2007); los libros de cuentos *Malas noches* (2000), *Últimos fuegos* (2005), *Animales domésticos* (2011) y *Había una vez un pájaro* (2013); así como las crónicas de *Cruce de peatones* (2012). En 2003 obtuvo la beca del International Writing Program de la Universidad de Iowa, Estados Unidos. Su obra ha sido traducida al italiano, francés y coreano. En Alemania le fue otorgado el Premio Literario Anna Seghers 2008 al mejor autor latinoamericano del año.

EL HOMBRE NACIDO EN DANZIG
MARIANA CONSTRICTOR
¿TE VERÉ EN EL DESAYUNO?
Guillermo Fadanelli

BARROCO TROPICAL
José Eduardo Agualusa

APRENDER A REZAR EN LA ERA DE LA TÉCNICA
CANCIONES MEXICANAS
EL BARRIO Y LOS SEÑORES
JERUSALÉN
HISTORIAS FALSAS
AGUA, PERRO, CABALLO, CABEZA
Gonçalo M. Tavares

25 MINUTOS EN EL FUTURO. NUEVA CIENCIA FICCIÓN
NORTEAMERICANA
Pepe Rojo y Bernardo Fernández, *Bef*

CIUDAD FANTASMA. RELATO FANÁSTICO DE LA
CIUDAD DE MÉXICO (XIX-XXI) I Y II
Bernardo Esquinca y Vicente Quirarte

EL FIN DE LA LECTURA
Andrés Neuman

LA SONÁMBULA
TRAS LAS HUELLAS DE MI OLVIDO
Bibiana Camacho

JUÁREZ WHISKEY
César Silva Márquez

TIERRAS INSÓLITAS
Luis Jorge Boone

CARTOGRAFÍA DE LA LITERATURA
OAXAQUEÑA ACTUAL I Y II
VV. AA.

IMPOSIBLE SALIR DE LA TIERRA

de Alejandra Costamagna
se terminó de
imprimir
y encuadernar
el 10 de octubre de 2016,
en los talleres
de Litográfica Ingramex,
Centeno 162,
Colonia Granjas Esmeralda,
Delegación Iztapalapa,
Ciudad de México.

Para su composición tipográfica se emplearon las familias Bell Centennial y
Steelfish de 11:14, 37:37 y 30:30. El diseño es de Alejandro Magallanes.
El cuidado de la edición estuvo a cargo de Karina Simpson.
La impresión de los interiores se realizó sobre papel Cultural de 75 gramos.